我的第一本
法語文法

本書特色

學法語就像喝下午茶一樣悠閒，自然開口說法語！讓你優雅一整天的圖解法語文法書

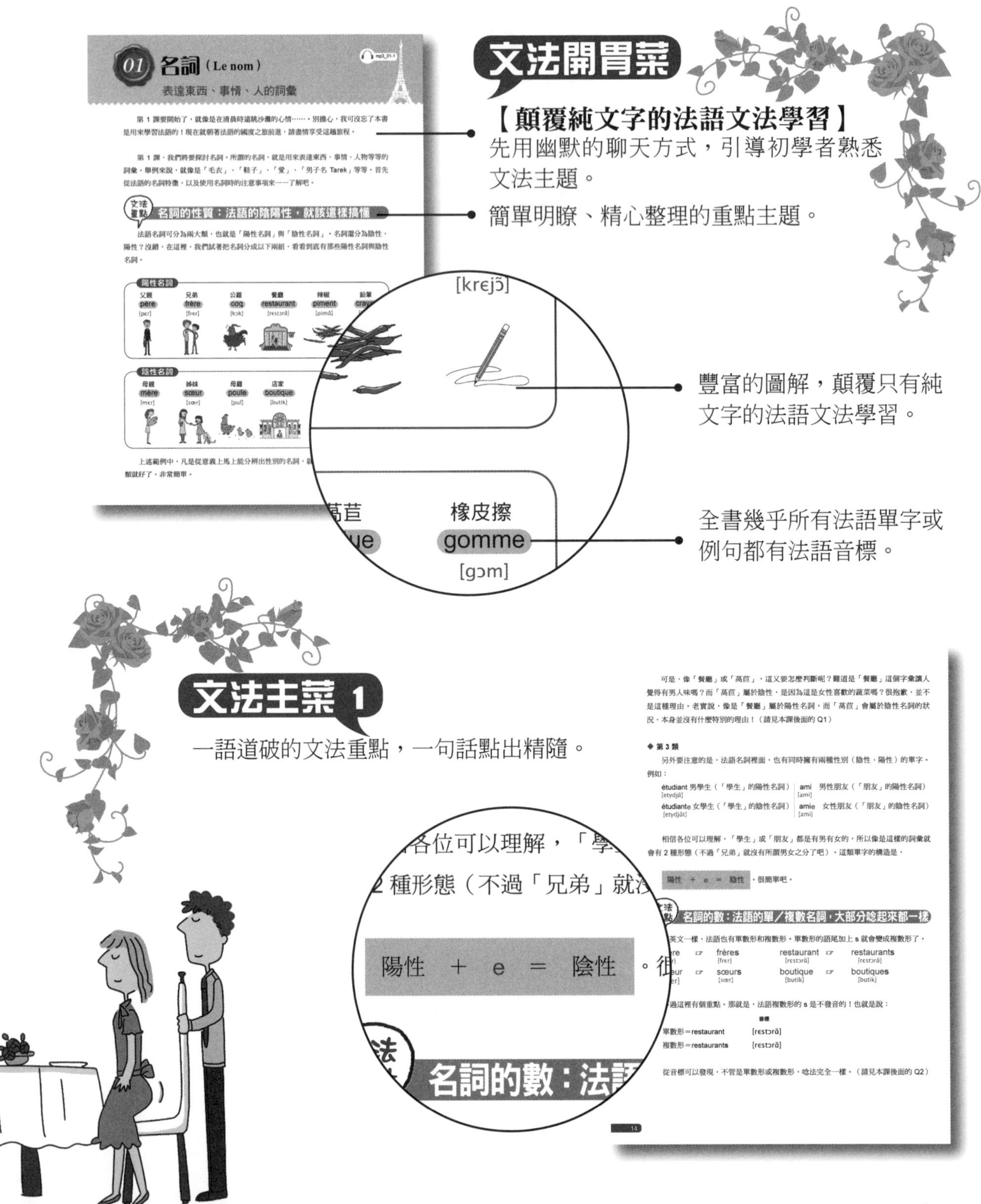

文法開胃菜

【顛覆純文字的法語文法學習】
先用幽默的聊天方式，引導初學者熟悉文法主題。

簡單明瞭、精心整理的重點主題。

豐富的圖解，顛覆只有純文字的法語文法學習。

全書幾乎所有法語單字或例句都有法語音標。

文法主菜 1

一語道破的文法重點，一句話點出精隨。

文法主菜 2

用圖表歸納的文法重點。不論是動詞變位，或是容易混淆的代名詞、陰陽性等，都能一目了然。

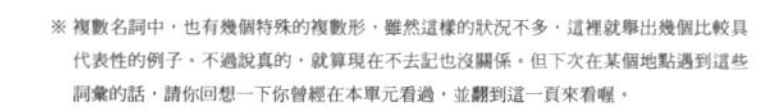
※ 複數名詞中，也有幾個特殊的複數形，雖然這樣的狀況不多，這裡就舉出幾個比較具代表性的例子。不過說真的，就算現在不去記也沒關係。但下次在某個地點遇到這些詞彙的話，請你回想一下你曾經在本單元看過，並翻到這一頁來看喔。

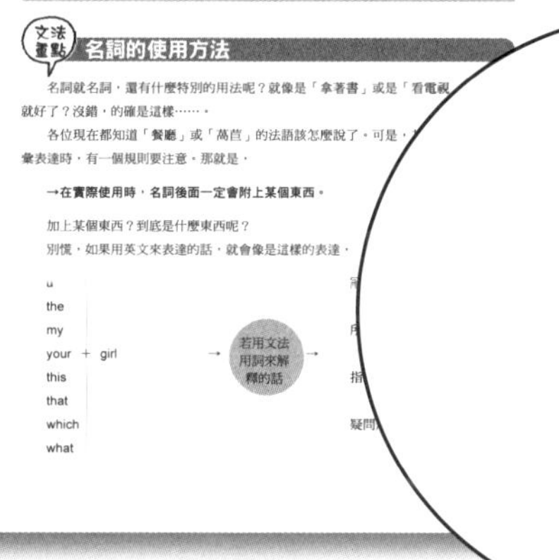
（單數字尾）		（複數字尾）				
❶ –s, –x	→	不變	bras [bra]	→	bras [bra]	手臂
❷ –eu	→	–eux	cheveu [ʃ(ə)vø]	→	cheveux [ʃ(ə)vø]	頭髮
–eau	→	–eaux	gâteau [gato]	→	gâteaux [gato]	蛋糕
❸ –al	→	–aux	animal [animal]	→	animaux [animo]	動物

文法重點 **名詞的使用方法**

名詞就名詞，還有什麼特別的用法呢？就像是「拿著書」或是「看電視

就好了？沒錯，的確是這樣……。

各位現在都知道「餐廳」或「萵苣」的法語該怎麼說了。可是，

彙表達時，有一個規則要注意。那就是，

→在實際使用時，名詞後面一定會附上某個東西。

加上某個東西？到底是什麼東西呢？

別慌，如果用英文來表達的話，就會像是這樣的表達，

a / the / my / your / this / that / which / what + girl → 若用文法用詞來解釋的話 →

a
the
my
your + girl
this
that
which
what

用你懂的中、英文概念來輔助解說，再複雜的規則也能搞懂。

文法甜點 1

簡單又能讓你牢記的文法練習題。

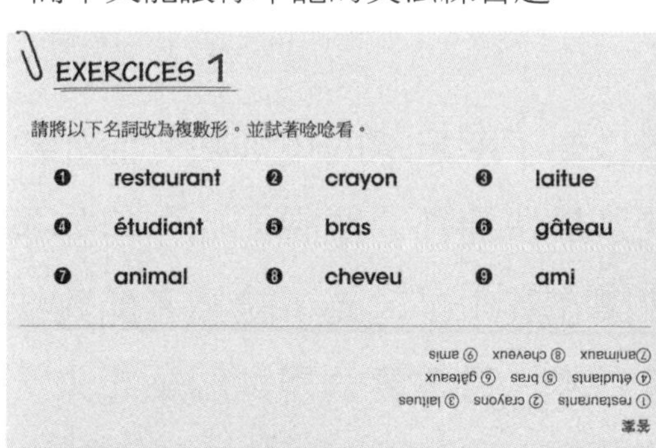
EXERCICES 1

請將以下名詞改為複數形。並試著唸唸看。

❶	restaurant	❷	crayon	❸	laitue
❹	étudiant	❺	bras	❻	gâteau
❼	animal	❽	cheveu	❾	ami

答案

① restaurants ② crayons ③ laitues

④ étudiants ⑤ bras ⑥ gâteaux

⑦ animaux ⑧ cheveux ⑨ amis

文法甜點 2

你知道「可頌」（croissant）其實跟「月亮」有關嗎？你知道 restaurant（餐廳）其實來自於動詞 restaurer（恢復…）嗎？有趣的法語知識，以及學法語常問的問題都在這一一破解。

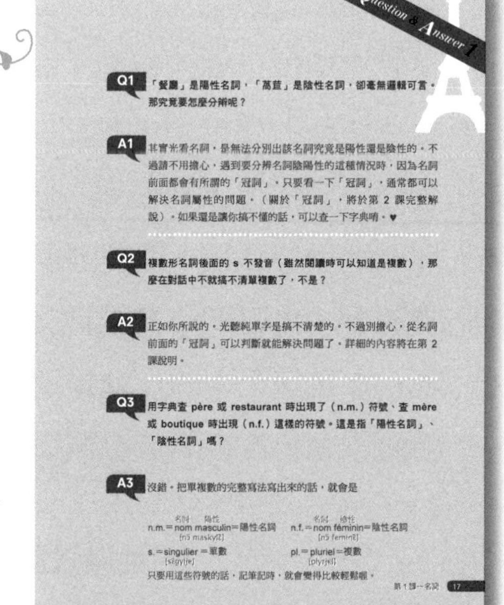
Question & Answer 1

Q1 「餐廳」是陽性名詞，「萵苣」是陰性名詞，卻毫無邏輯可言。那究竟要怎麼分辨呢？

A1 其實光看名詞，是無法分別出該名詞究竟是陽性還是陰性的。不過請不用擔心，遇到要分辨名詞陰陽性的這種情況時，因為名詞前面都會有所謂的「冠詞」。只要看一下「冠詞」，通常都可以解決名詞屬性的問題。（關於「冠詞」，將於第 2 課完整解說）。如果還是讓你搞不懂的話，可以查一下字典唷。♥

Q2 複數形名詞後面的 s 不發音（雖然閱讀時可以知道是複數），那麼在對話中不就搞不清單複數了，不是？

A2 正如你所說的，光聽純單字是搞不清楚的。不過別擔心，從名詞前面的「冠詞」可以判斷就能解決問題了。詳細的內容將在第 2 課說明。

Q3 用字典查 père 或 restaurant 時出現了（n.m.）符號、查 mère 或 boutique 時出現（n.f.）這樣的符號。這是指「陽性名詞」、「陰性名詞」嗎？

A3 沒錯。把單複數的完整寫法寫出來的話，就會是

n.m. = nom（名詞） masculin（陽性） = 陽性名詞 [nɔ̃ maskylɛ̃]　n.f. = nom（名詞） féminin（陰性） = 陰性名詞 [nɔ̃ feminɛ̃]

s. = singulier = 單數 [sɛ̃gylje]　pl. = pluriel = 複數 [plyrjɛl]

只要用這些符號的話，記筆記時，就會變得比較輕鬆喔。

第 1 課－名詞　17

作者序 給正在翻開這本書的你

現在的你可能在某間書店裡或者其他任何地方，正好翻開這本書看到這一頁。也許你有在高中、大學、法語中心或者語言學校等地方學法語吧？也許你對法語有以下的想法？

- 法語剛開始學很有趣，但到後面就越來越難，規則太過複雜讓你頭很痛…。
- 雖然想學好法語，但沒時間好好地坐下來看書或上補習班。如果能夠有一本頁數不多，一次就能學好法語的學習書那就好了…。
- 希望法語學習書的內容不要用太困難的用語，而是用簡單易懂的用詞。
- 法語的發音好難學，可是如果看了卻不會唸，學法語就沒感覺了…。

如果你對以上想法也有所共鳴的話，這本書就是為你設計的。

想要享受世足賽的樂趣，首先當然還是要了解足球的規則吧。而如果想要樂在法語的學習中，學好法語文法就是最快捷徑。雖說如此，但如果文法書的內容描述太過繁雜，根本就無法樂在其中了。為了讓讀者能夠快樂又輕鬆地學好法語，我把法語文法中最基本、最重要的規則歸納起來，彙整成這本《我的第一本法語文法》。

現在拿在您手中的，就是這本簡單好學的法語文法！

總而言之，本書的核心概念就是：

★ **跳過法語文法中**複雜難懂的部分！

說得更具體一點，就是像以下這種感覺。

- 準確掌握法語文法最重要、基本的部分！困難繁雜的部分都先輕輕帶過。
- 只要這一本就 OK！而且不論是只讀一部份，還是整本書逐字逐句閱讀都適用！
- 跟困難的文法用詞與專業術語說再見。用看得懂的表達來搞懂！
- 用本書 Question & Answer 單元來解決您的疑問，瞬間讓你有種「原來如此啊～」的豁然開朗！
- 不論是誰都能讀得懂本書例句，而且例句都會附上法文音標！

雖然會感覺法語的世界很廣大，但只要抓住幾個核心概念，這個語言的範圍就會瞬間變得明確清楚。就像去逛大賣場一樣，雖然商品玲瑯滿目，多到讓你找不到東西的樣子，但只要先大概知道商品的類別，再依類別去找商品應該的位置（例如，相機會歸類在電子產品區的道理），就可以清楚掌握住商品的位置了。

如果這本書對各位讀者而言可以是一本「法語文法地圖一本通」，並能讓各位讀者樂在法語國度之中的話，對作者我而言就是無上的喜悅。

現在，就讓我們準備開始學習法語文法吧。記住，我們要先跳過困難的文法用語！

清岡智比古

推薦序　學語言最好跟精通文化的老師學

本書作者清岡智比古老師是我在明治大學的好同事，也是每週幾次一起吃午飯的好朋友，畢竟我們的研究室在同一棟大樓的同一層，相距不到一百公尺。

他不僅是當代日本最著名的法語老師，NHK廣播、電視法語講座的人氣講師，而且是著有《東京詩》《異國情調巴黎指南》等的作家，同時也是法國移民電影的研究者。

法語跟清岡家的淵源，乃自於他已故的父親，即以《楊槐樹的大連》獲得了芥川龍之介文學 的小說家、詩人清岡卓行老師，傳下來的家業。聽說，智比古老師幼年時期，曾有幾年與父親單獨度日，當時每天的生活好比是一堂語言課兼文學課，更不必說是人生課。

清岡老師講課既易懂又好玩，很受日本大學生的歡迎，這並不奇怪，因為除了深入淺出之外，還充滿著人情味。語言絕不僅是工具，更是文化媒體或者是人生本身。沒有語言就沒有詩歌、小說，也就沒有把人類跟百獸區分開來的一切美麗和快樂。他愛聽西方古典音樂，也愛聽日本傳統的說書「落語」。他愛吃家鄉東京的壽司和蕎麥麵，也愛吃他父母在出生地「大連」學會的水餃。總而言之，他是一位對生活各方面造詣都深的文人。

我極力推薦清岡智比古老師的《我的第一本法語文法》。學語言最好跟精通文化的老師學，因為一個人的文化素質和語言運用能力之間有成正比的關係。今日學法語，恐怕很難有比他更強的導師吧？

日本作家、明治大學教授　新井一二三

目　錄

目　錄

現在，我們就要開始進行法語小旅行了！但在開始之前，我們先稍微了解一下「法語的發音規則」。這本文法書的目的是「不要講得太艱深，聽得懂就好」。那麼，先從簡單的子音與母音開始。法文跟英文一樣也有基本的 26 個字母，

法語字母 ALPHABET — □是「母音」　mp3_00-1

a	[a]	b	[be]	c	[se]	d	[de]	e	[ə]	f	[ɛf]
g	[ʒe]	h	[aʃ]	i	[i]	j	[ʒi]	k	[ka]	l	[ɛl]
m	[ɛm]	n	[ɛn]	o	[o]	p	[pe]	q	[ky]	r	[ɛ:r]
s	[ɛs]	t	[te]	u	[y]	v	[ve]	w	[dubləve]	x	[iks]
y	[igrɛk]	z	[zɛd]								

而這些字母中有以下「母音」與「子音」：

母音字母＝「a」「i」「u」「e」「o」「y」這 6 個純母音，以及「an」「am」「em」「en」「on」等好幾個鼻母音。

子音字母＝像是 [ka] 中的 [k] 就是子音。（[a] 的部分則是母音）

因此，除了以上這些母音字母（a, i, u, e, o, y 等等）之外，還有 20 個子音字母，例如 b, c, d, f, g...等等。和英文一樣，法文也是「子音＋母音」形成「音節」的規則，例如，k＋a＝ka（音節），b＋ox＝box。

◆ 母音的唸法

現在就來把母音分成 3 種類型來探討。

◇母音是：(1) 由一個字母組成　(2) 由兩個字母以上組成　(3) 以鼻母音的方式呈現

(1) 母音（a, i, u, e, o, y）是由一個字母組成的情況時

除了原本的這 6 個之外，還有幾個是標有記號（ˋ）（ˊ）（ˆ）的字母。以下的字母發音主要是用法語音標標註，用注音符號來輔助（不過正確的發音請聽 MP3）。有些字母的音標處有兩個以上的發音，沒錯，因為在不同的單字中，這些母音就會有稍微不同的唸法，不過只要簡單知道一下即可。請見下頁。

字母	音標	唸法
a, à, â	[a / ɑ]	：音近似ㄚ
é, è, ê	[e / ɛ]	：音近似ㄟ、せ
e	[e / ɛ]	：音近似せ
e		：字尾不發音

字母	音標	唸法
i, î	[i]	：音近似ㄧ
y	[i]	：音近似ㄧ
o, ô	[o]	：音近似ㄛ
u, û	[y]	：音近似ㄩ

這些發音中比較麻煩的是 **e** 的發音。

é：唸作 [e] ☜ 聽起來會有點像是 [i] 的 [e] 音。例：café [kafe]。

è：唸作 [ɛ] ☜ 嘴巴張得比較大一點，聽起來像せ。例：mère [mɛr]。

ê：唸作 [ɛ] ☜ 例：tête [tɛt]。

e ─┬─ [e] ☜ 基本上可唸成 [e] 或 [ɛ]。例：merci [mɛrsi]。
　　 └─ 不發音 ☜ 只要符合下面的(a)或(b)者，e 就不發音。

(a) 後面是「子音＋母音」的情況。例如：mademoiselle [madmwazɛl]

(b) 擺在字尾。例如：madame [madam]

⑵ 母音（a, i, u, e, o, y）是由兩字母以上所組成的情況時

表示由 2 或 3 個字母合起來發一個母音的情形。ai 唸 [ɛ]，而不是唸ㄚㄧ喔。

字母	音標	唸法
ai	[ɛ]	：音近似ㄟ
ei	[ɛ]	：音近似ㄟ
oi	[wa]	：音近似ㄨㄚ

字母	音標	唸法
au	[o]	：音近似歐
eau	[o]	：音近似歐
ou	[u]	：音近似屋
eu	[ø,œ]	：音近似さ

café au lait（au [o]、ai [ɛ]） [kafe o lɛ]

mademoiselle（oi [wa]） [madmwazɛl]

gourmet（ou [u]） [gurmɛ]

⑶ 以鼻母音方式呈現的情況：(a) 母音（a, i, u, e, o, y）＋m　(b) 母音＋n

在這裡我們把鼻母音（有一半是從鼻子所發出的聲音）分成以下幾種來探討。

音標	組合
[ɑ̃]（相當於「盎」的發音）	：am, an, em, en
[ɛ̃]（相當於「案」的發音）	：im, in, um, un, ym, aim, ain, eim, ein
[ɔ̃]（相當於「甕」的發音）	：om, on

restaurant（an [ɑ̃]） [rɛstɔrɑ̃]

piment（en [ɑ̃]） [pimɑ̃]

Arsène Lupin（in [ɛ̃]） [arɛn lypɛ̃]

pain（ain [ɛ̃]） [pɛ̃]

bonbon（on [ɔ̃]、on [ɔ̃]） [bɔ̃bɔ̃]

▲ **雖然「拼字是鼻母音」，卻不發「鼻母音」的情況**，有以下 2 種。若「母音＋m」或「母音＋n」的後面：

① 再接上 **m** 或 **n** 的情況。例：parisienne [parizjɛn]

② 接上母音的情況。例：maintenant [mɛ̃tnɑ̃]

像這樣的情況，e 或 a 會依照一般規則來發音。① 的 e 通常會唸成 [ɛ]。② 的 e 則是因為後面接續「子音＋母音」，所以「不發音」。

◆ 子音的發音

mp3_00-3

(1) 大部分的子音在字尾不發音。請看以下例子。

croissant [krwasɑ̃]　　Paris [pari]　　grand prix [grɑ̃ pri]

而例外的只有這 4 個 字母，即 c, f, l, r（可用英文的 careful 來記）。這 4 個字母在字尾通常需要發音，不過也有不發音的情形。至於要不要發音，可查字典。

chef [ʃɛf]　　clef [klɛf]　　avec [avɛk]　　blanc [blɑ̃]

(2) 至於出現在字首或字中的子音，少數的發音和英文一樣。請見以下例子。

ch	[ʃ]	chocolat	[ʃɔkɔla]	巧克力	
th	[t]	théâtre	[teɑtr]	戲劇	
gn	[ɲ]	signal	[siɲal]	警示；信號	
qu	[k]	question	[kɛstjɔ̃]	問題	
h	（不發音）	hôtel	[otɛl]	旅館	
s	[s]	restaurant	[rɛstɔrɑ̃]	餐廳	
	[z]	rose	[roz]	玫瑰	（在「母音＋s＋母音」的情況）
ill	[ij]	papillon	[papijɔ̃]	蝴蝶	（不是 [papilɔ̃] 唷）

數量也不多，應該沒問題吧♥

◆ 連音（liaison），滑音（enchaînement），母音省略（élision）

mp3_00-4

這 3 個規則都在兩單字間產生。主要會在「有意義的單字群組或名詞片語」中產生（例如 des oranges 會連音)，以及「接續單字的字首是母音」這些條件下成立的。也就是說，有可能產生這個規則的地方並不多，我們就一個個看下去吧。

⑴連音（liaison）：原本不發音的字尾子音與後面接續的母音相結合。

[de] [ɔrɑ̃ːʒ]	[ʃɑ̃] [elize]	☜ 一個字一個字的唸法
des oranges	Champs-Elysées	
[dez‿ɔrɑ̃ːʒ]	[ʃɑ̃z‿elize]	☜ 產生連音的唸法

要注意，s 或 x 在連音時會變成 [z]。另外，d 有時會變成 [t] 音。以下舉出幾個例子，請用連音（liaison）的方式來唸看看。

① vous‿êtes [vu] [ɛt] → [vuzɛt]

② ils‿ont [il] [ɔ̃] → [ilzɔ̃] （請見 p.22）

「‿」表示連音，純粹是補助初學者知道有連音，一般的法語中是不會加上去的。

⑵滑音（enchaînement）：原本要發音的字尾子音和後面接續的母音相結合。

[arc] [ɑ̃] [sjɛl]		[avɛk] [œ̃] [kafe]		☜ 一個字一個字的唸法
arc-en-ciel	彩虹	avec un café	與咖啡	
[arcɑ̃ sjɛl]		[avɛkœ̃ kafe]		☜ 產生連音的唸法

發音會改變是因為字尾的子音「c」和後方的「en」連音了。這和英文 in a box 發音時會連音是一樣的道理。以下舉出幾個例子，請使用滑音唸看看。

① il aime [il] [em] → [ilem]　　② elle a [ɛl] [a] → [ɛla]

重點在於：（連音）liaison →原本不發音的子音變為要發音＝增加發音音節。

（滑音）enchaînement →本來就有發音的子音和後面的母音形成連音。

⑶母音省略（élision）：這很簡單，直接說結論吧。

ce, de, je, la, le, me, ne, que, se, te 的十個單字，如果後面接著以母音開頭的單字，就會變成 c', d', j', l', l', m', n', qu', s', t'。例如：le arc → l'arc。

如果發生母音省略（élision）的話，該部分就會當作是一個字節來發音。另外，會產生 élision 只有上述的 10 種類型，除此之外沒有其他例外了。舉例來說，elle a →ell'a 是錯的。

好的，這麼一來基本的準備工作已經完成了。現在就朝著法語的國度繼續前進。各位現在的心情如何呢？請從下列兩個選項中選出一個適當的答案。

⑴ 很興奮！　　⑵ 很開心！

真拿你沒辦法，明明就說只能選一個，你竟然兩個都選了! 下不為例…好，出發囉！

名詞（Le nom）

表達東西、事情、人的詞彙

第 1 課要開始了，就像是在清晨時遠眺沙灘的心情……。別擔心，我可沒忘了本書是用來學習法語的！現在就朝著法語的國度之旅前進，請盡情享受這趟旅程。

第 1 課，我們將要探討名詞。所謂的名詞，就是用來表達東西、事情、人物等等的詞彙。舉例來說，就像是「毛衣」、「鞋子」、「愛」、「男子名 Tarek」等等。首先從法語的名詞特徵，以及使用名詞時的注意事項來一一了解吧。

名詞的性質：法語的陰陽性，就該這樣搞懂

法語名詞可分為兩大類，也就是「陽性名詞」與「陰性名詞」。名詞還分為陰性、陽性？沒錯，在這裡，我們試著把名詞分成以下兩組，看看到底有那些陽性名詞與陰性名詞。

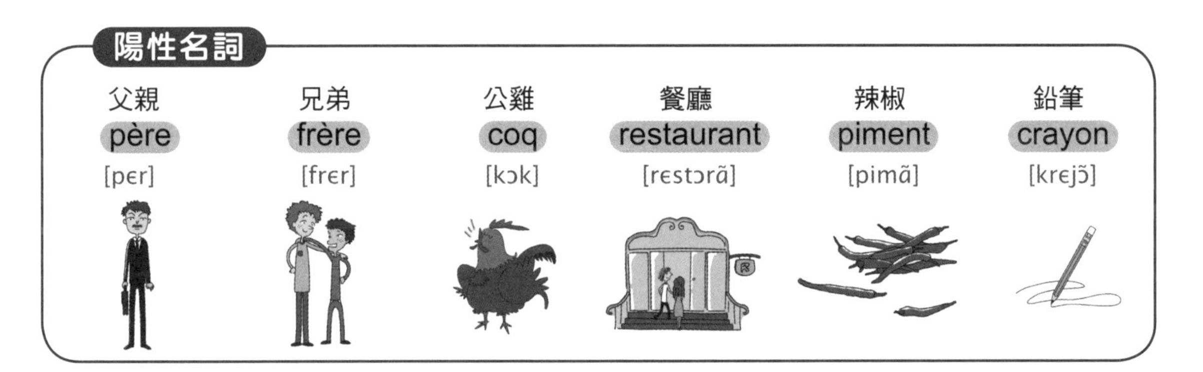

上述範例中，凡是從意義上馬上能分辨出性別的名詞，就只要按照原本的性別來分類就好了，非常簡單。

可是，像「餐廳」或「萵苣」，這又要怎麼判斷呢？難道是「餐廳」這個字彙讓人覺得有男人味嗎？而「萵苣」屬於陰性，是因為這是女性喜歡的蔬菜嗎？很抱歉，並不是這種理由。老實說，像是「餐廳」屬於陽性名詞，而「萵苣」會屬於陰性名詞的狀況，本身並沒有什麼特別的理由！（請見本課後面的 Q1）

◆ 第 3 類

另外要注意的是，法語名詞裡面，也有同時擁有兩種性別（陰性、陽性）的單字。例如：

étudiant 男學生（「學生」的陽性名詞） [etydjã]	ami 男性朋友（「朋友」的陽性名詞） [ami]
étudiante 女學生（「學生」的陰性名詞） [etydjãt]	amie 女性朋友（「朋友」的陰性名詞） [ami]

相信各位可以理解，「學生」或「朋友」都是有男有女的，所以像是這樣的詞彙就會有 2 種形態（不過「兄弟」就沒有所謂男女之分了吧）。這類單字的構造是，

陽性 ＋ **e** ＝ 陰性 。很簡單吧。

名詞的數：法語的單／複數名詞，大部分唸起來都一樣

和英文一樣，法語也有單數形和複數形。單數形的語尾加上 s 就會變成複數形了。

frère [frɛr]	☞	frère**s** [frɛr]	restaurant [rɛstɔrã]	☞	restaurant**s** [rɛstɔrã]
sœur [sœr]	☞	sœur**s** [sœr]	boutique [butik]	☞	boutique**s** [butik]

不過這裡有個重點。那就是，法語複數形的 s 是不發音的！也就是說：

	音標
單數形＝restaurant	[rɛstɔrã]
複數形＝restaurant**s**	[rɛstɔrã]

從音標可以發現，不管是單數形或複數形，唸法完全一樣。（請見本課後面的 Q2）

※ 複數名詞中，也有幾個特殊的複數形，雖然這樣的狀況不多，這裡就舉出幾個比較具代表性的例子。不過說真的，就算現在不去記也沒關係。但下次在某個地點遇到這些詞彙的話，請你回想一下你曾經在本單元看過，並翻到這一頁來看喔。

〔單數字尾〕		〔複數字尾〕				
❶ –s, –x	→	不變	bras [bra]	→	bras [bra]	手臂
❷ –eu	→	–eux	cheveu [ʃ(ə)vø]	→	cheveux [ʃ(ə)vø]	頭髮
–eau	→	–eaux	gâteau [gato]	→	gâteaux [gato]	蛋糕
❸ –al	→	–aux	animal [animal]	→	animaux [animo]	動物

文法重點 名詞的使用方法

名詞就名詞，還有什麼特別的用法呢？就像是「拿著書」或是「看電視」這樣用不就好了？沒錯，的確是這樣……。

各位現在都知道「餐廳」或「萵苣」的法語該怎麼說了。可是，其實在使用這些詞彙表達時，有一個規則要注意。那就是，

→在實際使用時，名詞後面一定會附上某個東西。

加上某個東西？到底是什麼東西呢？

別慌，如果用英文來表達的話，就會像是這樣的表達，

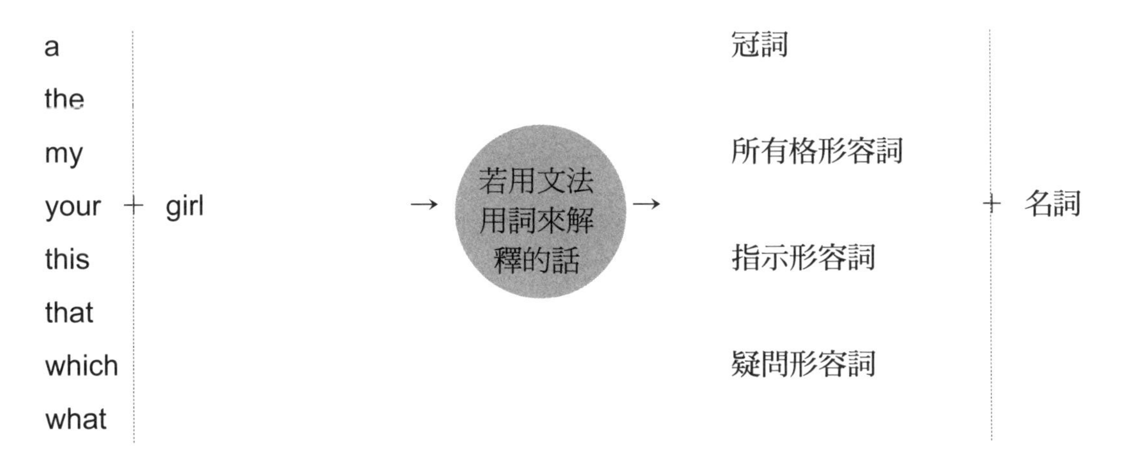

沒錯，就是這麼一回事。在文法上與實際表達上，這些都是非常重要的部分。在表達法語的名詞時，不會這麼單純地直接把名詞單字講出來。

而以上在名詞 girl 前面的「這些東西」，會告訴我們所表達的名詞屬性。聽者／讀者可以知道此名詞是單數的還是複數的，是陽性的還是陰性的名詞等等。

那麼，「這些東西」代表的意義是什麼呢？

他們也就是所謂的「冠詞」，相當於英文的 a 或 the。因此，在使用法文時也務必要注意冠詞。既然提到了冠詞，我就來說明一下吧。冠詞部份，我們將從第 2 課開始！See you soon！

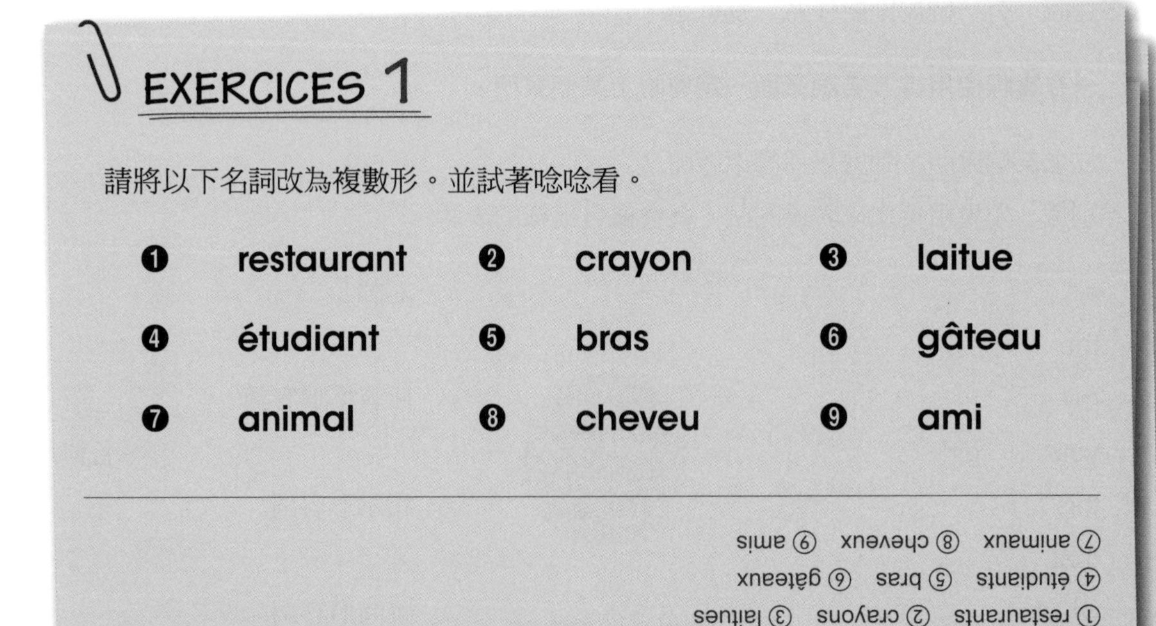

EXERCICES 1

請將以下名詞改為複數形。並試著唸唸看。

❶	restaurant	❷	crayon	❸	laitue
❹	étudiant	❺	bras	❻	gâteau
❼	animal	❽	cheveu	❾	ami

答案

① restaurants ② crayons ③ laitues

④ étudiants ⑤ bras ⑥ gâteaux

⑦ animaux ⑧ cheveux ⑨ amis

Q1 **「餐廳」是陽性名詞，「萵苣」是陰性名詞，卻毫無邏輯可言。那究竟要怎麼分辨呢？**

A1 其實光看名詞，是無法分別出該名詞究竟是陽性還是陰性的。不過請不用擔心，遇到要分辨名詞陰陽性的這種情況時，因為名詞前面都會有所謂的「冠詞」。只要看一下「冠詞」，通常都可以解決名詞屬性的問題。（關於「冠詞」，將於第 2 課完整解說）。如果還是讓你搞不懂的話，可以查一下字典唷。♥

Q2 **複數形名詞後面的 s 不發音（雖然閱讀時可以知道是複數），那麼在對話中不就搞不清單複數了，不是嗎？**

A2 正如你所說的。光聽純單字是搞不清楚的。不過別擔心，從名詞前面的「冠詞」可以判斷就能解決問題了。詳細的內容將在第 2 課說明。

Q3 **用字典查 père 或 restaurant 時出現了（n.m.）符號、查 mère 或 boutique 時出現（n.f.）這樣的符號。這是指「陽性名詞」、「陰性名詞」嗎？**

A3 沒錯。把單複數的完整寫法寫出來的話，就會是

n.m.＝nom（名詞） masculin（陽性）＝陽性名詞 [nɔ̃ maskylɛ̃]

n.f.＝nom（名詞） féminin（陰性）＝陰性名詞 [nɔ̃ feminɛ̃]

s.＝singulier ＝單數 [sɛ̃gylje]

pl.＝pluriel＝複數 [plyrjɛl]

只要用這些符號的話，記筆記時，就會變得比較輕鬆喔。

在名詞前用來表示陰陽性／數量的詞彙

又見面了！終於來到了第 2 課，相信這一課是各位期待的（有嗎？）。準備來解說一下什麼是冠詞了，趕快開始吧！

在第 1 課我們已經說明了名詞。而名詞在實際使用時，前面都要加上一些東西，而這些東西就是「冠詞」。名詞前面加上冠詞之後，才能夠真正表達出明確的意義。

而在法文中，冠詞可以依性質的不同分成 3 個種類。

① 不定冠詞　　② 定冠詞　　③ 部分冠詞

相信①和②可能不陌生。可是③應該就是第一次聽到吧？我們按順序來了解吧。

不定冠詞：當人、東西成為話題時使用。

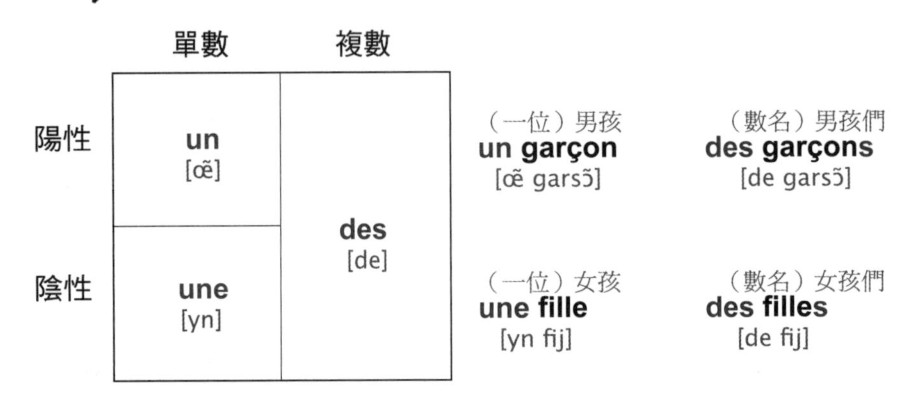

	單數	複數
陽性	un [œ̃]	des [de]
陰性	une [yn]	

（一位）男孩
un garçon
[œ̃ garsɔ̃]

（數名）男孩們
des garçons
[de garsɔ̃]

（一位）女孩
une fille
[yn fij]

（數名）女孩們
des filles
[de fij]

陽性名詞要表達單數時，前面會加上 un，陰性名詞要表達單數時，則會加上 une。不論是何者都翻譯成「一個～」或「一位～」，但要翻成中文時，大部分的情況都不需要特別把「一個～」或「一位～」翻出來。

要表達複數形的情況時，不論名詞是陰性或陽性都使用 des。中文會翻譯成「幾個～」或「幾位～」，但通常不會特別翻出來。

定冠詞：(a)「那個～」：特定人事物　(b)「所謂的～」：集合名詞

→le pain 所謂的麵包

	單數	複數
陽性	**le** [lə]	**les** [le]
陰性	**la** [la]	

（那位）男孩
le garçon
[lə garsɔ̃]

（那群）男孩們
les garçons
[le garsɔ̃]

（那位）女孩
la fille
[la fij]

（那群）女孩們
les filles
[le fij]

le, la, les 相當於英文中的 the。不過英文不會區分陰性、陽性名詞，不管是 boy、girl，還是 boys，都是會加上 the。

另外，le, la 後面如果接以母音開頭的單字，就會產生「省略」（élision）的現象，即冠詞的母音會被省略，而讓 le, la 變成相同形態的 l'。例如，

樹木
~~Le arbre~~ → l'arbre
[larbr]

柳橙
~~la orange~~ → l'orange
[lɔrɑ̃ʒ]

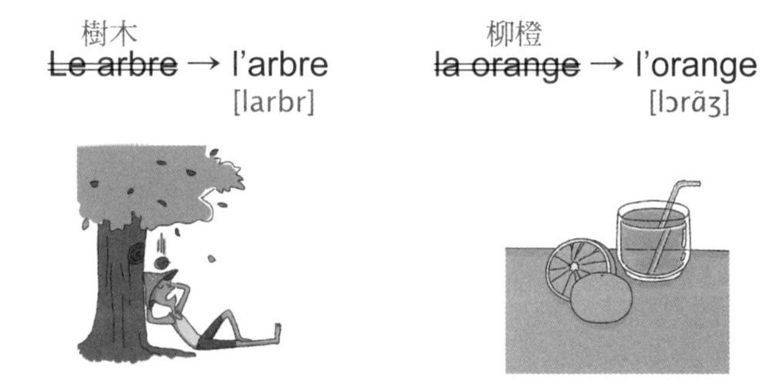

所以，如果光看 l' 的話，就搞不清楚此冠詞是 le 還是 la 了嗎？確實會搞不清楚。那該怎麼辦呢？

很簡單，請去查字典！

用字典查 arbre 的話，就會知道此單字是「陽性名詞」。這麼一來，就可以知道 l'arbre 的 l' 是 le。

部分冠詞：不可數的名詞，就用「某個量」來表達。

陽性	**du** [dy]　（**de l'**）
陰性	**de la** [də la]　（**de l'**）

牛奶
du lait
[dy le]

金錢
de l'argent
[də larʒɑ̃]

肉
de la viande
[də la vjɑ̃d]

水
de l'eau
[də lo]

※ 不管是陽性還是陰性，後面只要是接以母音開頭的單字就會使用 de l'。

不定冠詞或定冠詞，因為都在英文中出現過了，所以應該會比較熟悉。但部分冠詞，卻是初次見面吧，所以可能會有點搞不清楚。這是英文中所沒有的「不可數名詞專用的冠詞」。

首先，什麼是「不可數名詞」？像是水、葡萄酒、咖啡……等等的液體，都是其中的例子。另外還有像是麵包、肉、金錢等等，以及抽象名詞勇氣、幸運、愛等等。

接下來，「某個量」是指什麼樣的量呢？簡而言之，就是沒辦法用「1 公斤」、「3 公升」、「5 張」等「量詞」來清楚表達的量。

試想，在某個夜晚裡，你和某位女生出來見面、走走，而你問了她說，

「要再來些咖啡嗎？」「嗯，好啊」

你把咖啡壺拿了起來，把咖啡倒入那位女生的咖啡杯中。但那到底是多少量呢？

不管是你還是那位女生，相信在當下都不會很嚴謹地去思考那杯咖啡的量是不是 194CC 左右。這時，你倒在杯子裡的量，就是「某個量」。

對於部分冠詞還是很困惑嗎？不過反過來說，部分冠詞是最具有法文特色的詞類，所以請各位一定要好好地品味與運用一下。

EXERCICES 2

1. 請在空格內填入適當的不定冠詞

❶ (　　) restaurant　　❷ (　　) restaurants

❸ (　　) boutique　　❹ (　　) boutiques

2. 請在空格內填入適當的定冠詞

❶ (　　) garçon　　❷ (　　) garçons

❸ (　　) fille　　❹ (　　) filles

3. 請在空格內填入適當的部分冠詞

❶ (　　) café　　❷ (　　) bière

❸ (　　) eau　　❹ (　　) lait

答案

1.① un ② des ③ une ④ des

2.① le ② les ③ la ④ les

3.① du ② de la ③ de l' ④ du

Q4 **我已經知道部分冠詞是要加在「不可數名詞」的前面了。那像是麵包（pain）這種「不可數名詞」，它的冠詞一直都會是 du，而沒有其他選擇嗎？**

A4 嗯……這個問題很困難。直接告訴你吧。其實「麵包」這個詞，不光只能加上部分冠詞，任何冠詞都可以加上。

① un pain：一個麵包
② le pain：(a) 特定的麵包（某個特定的）
(b) 所謂的麵包（種類）
③ du pain：一些（某個量的）麵包

因為如果把麵包切成一片一片，或是剝開來的話，是沒有辦法計算的（如上例③）。但是，像是紅豆麵包或是菠蘿麵包、咖哩麵包、炒麵麵包……等等，這些麵包我們把它當作一個、一個的種類來看，所以是可以計算的，也就屬於①的情況。冠詞是很博大精深的詞彙。

Q1·2 **在這裡，我們來探討一下在前課「名詞」課題時留下來的問題。共有兩個問題。**

❶ Q&A 1）在判斷名詞的陰陽性時，冠詞是可以協助你判斷的。
❷ Q&A 2）要聽出名詞的陰陽性時，冠詞也能幫得上忙。
為了幫助大家更了解，就把一些重點寫下來。從❶開始。

❶ 附在名詞前的冠詞是

un		陽性名詞	***un*** **restaurant**
une	後面接的名詞是	陰性名詞	***une*** **boutique**
le		陽性名詞	***le*** **restaurant**
la		陰性名詞	***la*** **boutique**

不過很遺憾的是，當名詞為複數形時，因為不論是陽性或是陰性，名詞前面都是用冠詞 **des / les**，所以就沒辦法從冠詞來判斷名詞的屬性。

→在記單字時，也把冠詞記起來吧。這麼一來就能很自然地記住名詞的陰陽性了。

（例）同時記 **un restaurant**

→因為冠詞是 **un**，所以 **restaurant** 是陽性名詞。

❷ 加在名詞前的冠詞若是：

un / une		單數形	***un* restaurant**（一間餐廳）
des	的話，該名詞就會是	複數形	***des* restaurants**（數間餐廳）
le / la		單數形	***la* boutique**（那間店）
les		複數形	***les* boutiques**（那幾間店）

就像這樣，一定要記清楚。

★ 連音（Liaison）的狀況

有些單字雖然是以母音開頭，卻不一定要連音（Liaison）。以下我們把應該要連音的部分列成圖表來看看吧。（對於連都可以的單字，跳過！因為那種單字就算不變化也沒關係啊！）

mp3_02-2

一起來練習連音吧！

(a)冠詞	＋ 名詞	des oranges	[dez‿ɔrɑ̃ʒ]
形容詞	＋ 名詞	petit enfant	[pətit‿ɑ̃fɑ̃]
(b)主詞代名詞	＋ 動詞	nous avons	[nuz‿avɔ̃]
(c)副詞	＋ 形容詞	très actif	[trɛz‿aktif]
(d)介系詞	＋ 名詞	dans un café	[dɑ̃z‿œ̃ kafe]
(e)c'est 的後面		c'est un～	[set‿œ̃]
		c'est une～	[set‿yn]

如果不知道該不該連音的話，請參閱本頁，總共有這 5 種模式。

03 主詞人稱代名詞（Le subjet）

用來表達「我（是）、你（是）、他（是）」

什麼「主詞人稱代名詞」，又要開始講這種聽不懂的東西了！別擔心，就算聽起來好像很難，其實內容沒什麼大不了的。現在才第 3 課而已呢！

這個「主詞什麼什麼的」，簡而言之就是「我~」或是「她~」的意思。用英文來說，就是 I 或是 she 等等。很簡單吧。那麼我們就按順序看下去囉。

人稱代名詞是什麼？

用法文寫句子時，不可或缺的，首先就是「主詞」。這不是理所當然的嗎？

沒錯。可是在中文裡卻又不是這麼一回事。舉例來說，

「今天要幹嘛？」

「可是沒時間啊」

以上這幾個表達竟然連一個主詞也沒有，原來中文可以這樣在沒有主詞之下造句。

那麼，如果把以上的句子翻成法文的話會怎麼樣呢。相信不管怎麼翻，應該會是「今天（我們）要幹嘛？」、「可是（我）沒時間啊」這樣，不把主詞講出來的話，就沒辦法造句了。

簡而言之，「主詞」= 不可或缺的東西。

現在來看相當重要的人稱代名詞。

到底「人稱代名詞」是什麼呢，如果只說明「我～」的話，相信根本無法完全理解。以下我們就來詳細解說。

所謂的人稱代名詞，指的就是表達「人稱」的「代名詞」。

所謂的「人稱」分成 3 種，分別是：

① 說話的人（我／我們）　② 聽我說話的人　③ 被當作話題的人或事物

就分成這 3 種。而這裡的①②③分別是

第 1 人稱　第 2 人稱　第 3 人稱

接下來就是「代名詞」了。顧名思義，就是「**代替名詞的詞彙**」。舉例來說，用「這個」、「那個」來代替「書」，或是用「她」來替代「瑪莉」等等。

所以，把「人稱」和「代名詞」組合起來的話，就是「人稱代名詞」了。也就是說，「第 1 人稱（＝說話的人）」的「代名詞」→「我／我們」；「第 2 人稱（＝聽的人）」的「代名詞」→「你（們）／您」……等等。

瞧，很快就解釋完了吧！接下來就來看看法文中的具體例子吧。

主詞人稱代名詞的解說：「我是」「你是」……

首先把表格列出來，這就是完整的主詞人稱代名詞。

主詞人稱代名詞

	單數	複數		單數	複數
第 1 人稱	je [ʒə]	nous [nu]		我	我們
第 2 人稱	tu [ty]	vous [vu]	＝	你	你們 您
第 3 人稱	il [il]	ils [il]		他 這／那	他們 這些／那些
	elle [ɛl]	elles [ɛl]		她 這／那	她們 這些／那些

舉例來說，最前面的 je 就相當於英文中的 I，nous 就相當於 we。je 或 nous 雖然都可以和英文相對應，但其實並非完全都和英文一致。

整體說起來，「主詞人稱代名詞」的用法上有四個需要注意的地方。

(1) je 後面出現以母音開頭的單字而產生「省略」現象（élision）（請見 P.12）的話，就會變成 j'。另外，和英文 I 的狀況不同，除了在句子開頭時會是 Je 之外，其他地方都是用小寫的 je。

(2) 要注意 tu（你）和 vous（你們／您）的差別！

(a) tu 的用法只有 1 種。

「你」：單數形，只用在關係較親密的對象上。舉例來說像是夫妻、親子、情人、朋友等等。因此在翻譯時可能不會只是「你」而已，還可以翻成親密的「ㄟ」、「你啊」等等。

(b) vous 的用法有 2 種。

「你們」：tu 的複數形。表示兩人以上的「你們」。

「您」：單數形。敬稱，使用於不熟的對象或長輩。一般在剛認識時都會互相使用這個詞彙來對話。

在這之中 vous 最常用來表達「您」。

(3) 關於第 3 人稱。這邊很重要！

舉例來說，在英文中，我們會把男子名「Tarek」改成 he，「鉛筆」改成 it。人和東西是有區分的。但在法文中就不是這樣了，不管是「Tarek」或是「書」，都可以用 il 來表達。只要是「單數的陽性名詞」，都使用 il，和對象是人或是東西沒有關聯。所以像是「瑪莉」和「橡皮擦（陰性名詞）」，這兩者都用 elle 來表達。

所以，當遇到 elle 這個詞彙時，就不能完全翻成「她」了。因為不管是「汽車」、「窗戶」或是「信件」，只要是陰性名詞，全都用 **elle** 來表達。

(4) 使用 elles 的條件是，所有對象（或是所有東西）必須全部都是「陰性名詞」。舉例來說，在 5 個人裡面，如果有 4 位是女性，其中 1 位是男性，這時還是得用 **ils**。

現在既然已經把「主詞」學會了，是不是應該來實際練習看看呢？

我就知道你一定會這麼說，所以我已經準備好了一個小禮物了。那就是……⬇這個。來吧，別客氣！

動詞（être, avoir）：和英文不一樣的動詞變化！

以下是第一次介紹動詞。首先最重要的事情就是，要學會如何活用法語動詞。該怎麼活用呢？

★ 動詞的變位＝配合主詞，使動詞產生變化

舉例來說……

就像是英文中的 be 動詞。雖然其原形是 be，但當主詞是 I 時就會變成 am，如果是 he 的話就會變成 is。就像這樣，配合主詞之後，就能讓動詞的形態發生變化。這就是所謂的「動詞六變位」（共有 6 種主詞，也就有 6 種動詞變化）。

話說回來，各位讀者應該都有法語辭典吧。當你們在查字典時，字典裡頭的動詞都是呈現什麼樣的形態呢？其實在查字典時，各位都是依照動詞原形（也稱為不定式）來找的。不過實際上在使用動詞時，卻不會完全使用動詞的原形，而是要配合主詞來改變動詞形態。所以一定要記得動詞的六變位。

但在這裡有個重點。其實就動詞的變位而言，如果用非常概略的說法來解釋，只有三大類而已。所以不用太擔心，繼續唸下去吧。♥

接著來說 être 和 avoir。這兩個動詞的變位方式是不規則的。也就是說，這 2 個動詞不屬於上面提到的「三大類」之中。但因為是非常重要的動詞，請務必要記起來。不過不是每個動詞都是這麼難記。

※ 不屬於「三大類」規則動詞的 être 和 avoir 是其中的 2 種不規則動詞。詳細的說明請見 77 頁。

mp3_03-2

être 的現在式（「是～」/「存有、存在」：英文中的 be）

主詞	動詞	音標	
je	suis	[ʒə sy]	
tu	es	[ty ɛ]	
il	⁀est	[il⁀ɛ]	滑音現象
elle	⁀est	[ɛl⁀ɛ]	滑音現象
nous	sommes	[nu sɔm]	
vous‿	êtes	[vuz‿ɛt]	← 連音現象
ils	sont	[il sɔ̃]	
elles	sont	[ɛl sɔ̃]	

※ 連音（liaison）：字尾子音（原本不發音者）與後面接續的母音產生連音的現象。

※ 滑音（enchaînement）：字尾子音（原本有發音者）與後面的母音產生連音。

Je suis étudiant　　我是學生（男）。
[ʒə sy etydjɑ̃]

Vous êtes française?（française：法國人（女））　　您是法國人（女）嗎？
[vuz‿ɛt frɑ̃sɛz]

être 是在表達「身分・國籍・職業」的時候使用的，而那「身分…」等是不加冠詞的。和英文的 I am a student. 一定要加 a 是不一樣的喔。另外，主詞是 il 或 elle、還有 ils 或 elles 的時候，不管是什麼動詞都是用相同的變位形。所以在這堂課之後，elle 和 elles 的活用就不會再多寫了，請多多包涵喔。

mp3_03-3

avoir 的現在式（「有～」：英文中的 have）

主詞	動詞	音標	
j'	ai	[ʒe]	← 省略現象
tu	as	[ty a]	
il	⁀a	[il⁀a]	滑音現象
elle	⁀a	[ɛl⁀a]	滑音現象
nous‿	avons	[nuz‿avɔ̃]	連音現象
vous‿	avez	[vuz‿ave]	連音現象
ils‿	ont	[ilz‿ɔ̃]	連音現象
elles‿	ont	[ɛlz‿ɔ̃]	連音現象

※ 省略（élision）：像是 ce, de, je,等單字，若後面接以母音開頭的單字時，就會省略字尾母音變成 c', d', j'。

J'ai une voiture (車子) [ʒe yn vwatyr]　　我有汽車。

Vous avez des cigarettes? (香菸) [vu zave de sigarɛt]　　您有香菸嗎？

這裡有個要注意的重點。就 J'ai une voiture「我有汽車」的例句，各位可以發現「voiture 汽車」前面加了冠詞。所以在實際使用名詞時，冠詞都是要加上去的。包含像是上面的「cigarettes 香菸」也有冠詞。而且從 des，我們可以知道這裡指的「香菸」是複數的。就這樣，第 3 課結束。♥

EXERCICES 3

請配合主詞來活用動詞。

❶ Je suis étudiant.

a) Il ________ étudiant.

b) Vous ________ étudiant.

c) Tu ________ étudiant.

❷ Elle a des enfants.

a) J' ________ des enfants.

b) Nous ________ des enfants.

c) Ils ________ des enfants.

❸ Vous êtes employé.

a) Je ________ employé.

b) Nous ________ employés.

c) Elles ________ employées.

❹ J'ai un portable

a) Vous ________ un portable.

b) Tu ________ un portable.

c) Ils ________ un portable.

答案

① a) Il est étudiant.　b) Vous êtes étudiant.　c) Tu es étudiant.

② a) J'ai des enfants.　b) Nous avons des enfants.　c) Ils ont des enfants.

③ a) Je suis employé.　b) Nous sommes employés.　c) Elles sont employées.

④ a) Vous avez un portable.　b) Tu as un portable.　c) Ils ont un portable.

Q5 **tu 和 vous 的分別在於，tu 是用在關係「比較親密」的兩人身上，而 vous 是用在「比較不熟的對象或長輩」的情況，對吧？可是如果原本是一對男女朋友，但最後因為吵架而分手的話，這兩人要怎麼互相稱呼彼此呢？**

A5 人際關係這種東西真的很曖昧。這其實是會因應兩人關係的變化而有所不同的。剛開始有些生疏且互稱 vous 的兩個人，接著便開始互稱 tu，這就是愛情。可是後來卻發生了問題，兩個人又回到了彼此陌生的關係。這麼一來稱謂也會回到了 vous 了。不過比較希望甜美的戀情可以一直持續下去⋯⋯

★ 動詞變位的發音問題

・六變位中，動詞語尾的 －e －es －ent 不發音！

所以 vous êtes 的 es 是不發音的。另外特別是主詞為 ils / elles 時，99%的動詞的語尾會是 －ent。這一點也要注意！

（第三人稱複數型的語尾，意指「他們愛」）
↓
Ils aim*ent* [il zɛm] ent 不發音 ： vraiment [vrɛmɑ̃] ent 要發音（副詞，意指「真的」）

提示的表達

voici / voilà～, c'est / ce sont～, il y a～

當有人對你說「請出示護照」時，你會說「好的，在這裡」，此時你也已經把護照拿出來了，對吧。

或者，你在搭捷運時，座位旁邊坐了一位你的法國朋友，而在經過木柵動物園時，你會指著窗外說「那是動物園」對吧。

以上兩者都是「提示」的表達，也就是提示或提醒對方眼前的事物。在日常的對話中，這種「提示」表達的情況也是很常見的。

現在，我們來看看法語中最具代表性的 3 種「提示」表達。而這 3 種表達方式都使用得非常多。請一定要牢牢地記起來！

文法重點 提示的表達 I

voici～ [vwasi]	：「～在這裡」
voilà～ [vwala]	：「～在那裡」

Voici une veste et (and) voilà un pantalon.
[vwasi yn vɛst e vwala œ̃ pɑ̃talɔ̃]
這裡有外套，那裡有褲子。

Voilà les robes de (of) Marie.
[vwala le rɔb də mari]
這裡有（幾件）瑪莉的洋裝。

如同第一個例句所示，在指出 2 件事物或 2 個人（這裡是 A，那裡是 B）的時候，就會使用 voici A et voilà B 來表達。

但是，如果提到的東西或人只有 1 個／位的話，就會使用 voilà 居多（翻譯會翻成「這裡」）。也就是說，使用 voilà 的機會是比較多的。

提示的表達 II

c'est～ [sɛ]	：「這個（那個）是～」
ce sont～ [s(ə) sɔ̃]	：「這些（那些）是～」

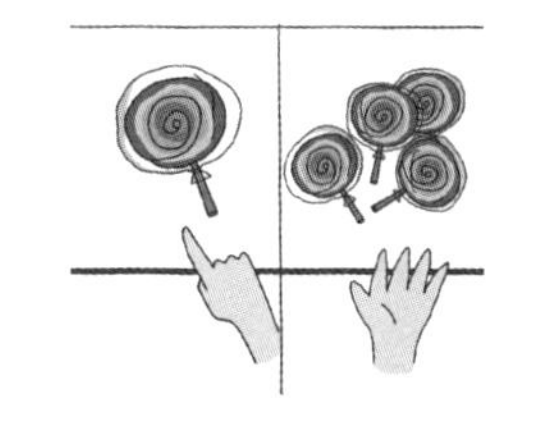

c'est～的使用範圍較為廣泛，所以翻譯時要根據狀況來決定到底該翻成「這個」還是「那個」。c'est～可以說是英文中的 this is～以及 that is～的合併表達吧。

C'est un café? 這是（那是）咖啡廳嗎？
[sɛ tœ kafe]

－Non, c'est un restaurant. 不，這是（那是）餐廳。
[nɔ̃ sɛ tœ̃ rɛstɔrɑ̃]

－Ce sont les enfants（小孩） de Sophie. 他們是蘇菲的小孩。
[sə sɔ̃ lɛz‿ɑ̃fɑ̃ də sofi]

只有在名詞為複數形且使用於較為正式的說法時，才會用 ce sont～。輕鬆的場合，只要用 *C'est* les enfants de Sophie. 就可以了。

※ c'est 和 ce sont 的發音不同。經常有人唸錯，要注意！

※ 唸 c'est un 和 c'est une 時，兩者在 -t 跟 u- 之間要連音，唸作 [sɛ tœ̃] 和 [sɛ tyn]。

如果 c'est 的後面接了以母音開頭的單字時，就會產生連音現象（liaison）（請見 P.22）。特別是 c'est un~ 和 c'est une~ 是出現頻率很高的用語，請多做幾次發音練習（最少要練習 20 次，我是說真的）。

提示的表達III

Il y a～「有～」
[il‿i‿ja]

il y a～相當於英文的 there is～/ there are～，也就是「有～」的意思囉。另外，il y a 後面接續的名詞，可以是東西或者是人，且單數或是複數名詞都可以接。

Il y a un gâteau sur l'assiette.（sur：在…的上面　assiette：盤子）　盤子上有蛋糕。
[il‿i‿ja œ̃ gɑto syr lasjɛt]

※ 唸 il y a 時要有滑音（enchaînement）現象（P.12），這也是很常出現的。所以在這裡也要發出聲音來唸喔。il y a il y a il y a il y a il y a il y a

雖然很囉唆，但這三種表達方式往後仍會不斷出現，特別是發音一定要注意！

EXERCICES 4

1. 請試著唸唸看下列法文的句子

❶ **Voilà un restaurant.** 這裡有餐廳。

❷ **C'est un café.** 這裡是咖啡廳。

❸ **Il y a des boutiques.** 有幾間店面。

2. 請在括弧中填入適當的單字。

❶ **(　　) Marie.** 這位是瑪莉。

❷ **(　　) un croissant.** 這是可頌麵包。

❸ **(　　　) des croissants sur la table.**
桌子上有可頌麵包。

答案
2.① Voilà ② C'est ③ Il y a

否定的表達（négation）

《ne＋動詞＋pas》的句型

這堂課要為各位介紹否定形的用法。

人生在世，不可能什麼事情都是說好的。如果你是一個受歡迎的人，就更有必要知道怎麼開口說「non」了，對吧？不過如果不是個受人歡迎的人的話，是不是只要講「oui」就可以了呢？

這當然是不行的囉！來吧，現在開始來學學否定的用法。

法文的否定形一點也不難，總而言之，結論就是：

主詞＋ne＋動詞＋pas～
[n(ə)] [pa]

沒錯，只要用 ne 跟 pas 把動詞包圍起來就可以了。（ne 的發音為 [n(ə)]，而不是 [ne]，這點一定要注意。非常多人唸錯！！！）

接著我們套用第 3 課上過的 être 和 avoir 來看例子吧。

Etre 的否定形

je	**ne**	suis	**pas**	nous	**ne**	sommes	**pas**
[ʒ(ə)	n(ə)	sɥi	pa]	[nu	n(ə)	sɔm	pa]
tu	**n'**	es	**pas**	vous	**n'**	êtes	**pas**
[ty	nɛ		pa]	[vu	nɛt		pa]
il	**n'**	est	**pas**	ils	**ne**	sont	**pas**
[il	nɛ		pa]	[il	n(ə)	sɔ̃	pa]

當 ne 後面接母音開頭的單字時，就會產生省略現象（élision），而從原本的 ne 變成 n'。

Je **ne** suis **pas** étudiant. 我不是學生（男）。
[ʒ(ə) n(ə) sɥi pa etydjɑ̃]

C'est une laitue? 這是萵苣嗎？
[sɛt yn lety]

－Non, ce **n'**est **pas** une laitue. 不，這不是萵苣。
[nɔ̃ s(ə) nɛ pa yn lety]

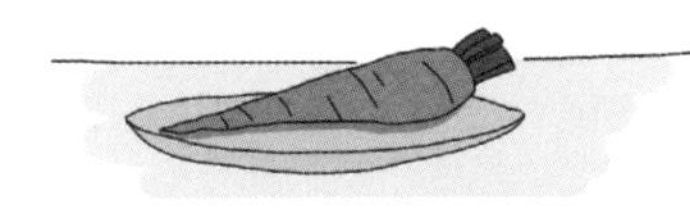

Avoir 的否定形

je	**n'ai**	**pas**	nous	**n'avons**	**pas**
[ʒ(ə)	nɛ	pa]	[nu	navɔ̃	pa]
tu	**n'as**	**pas**	vous	**n'avez**	**pas**
[ty	na	pa]	[vu	navɛ	pa]
il	**n'a**	**pas**	ils	**n'ont**	**pas**
[il	na	pa]	[il	nɔ̃	pa]

Vous avez une voiture? 你有車嗎？
[vuz‿avɛ yn vwatyr]

－Non, je **n'ai pas de** voiture. 不，我沒有。
[nɔ̃ ʒ(ə) nɛ pa d(ə) vwatyr]

（用否定句時，原本的un或une要改成de）

Il **n'** y a **pas de** vin dans le verre. 杯子裡沒有葡萄酒。
[il ni‿ja pa d(ə) vɛ̃ dɑ̃ lə vɛr]

il y a~ 的否定形是 il n'y a pas。雖然動詞是 a（原形是 avoir），但因為「y a」部分方便連音，所以中間不會有其他單字。所以 ne 會跑到 y 的前面並產生母音省略（élision）的現象唸成 n'y。

※ 其發音是 [il ni‿ja pa]，各位要反覆練習！好，來吧，連續唸個 10 遍：

Il n'y a pas、Il n'y a pas、Il n'y a pas、Il n'y a pas、Il n' y a pas...

★ **否定時會用的 de**

我就直說吧。這個是很難的！
不過卻很重要！沒有辦法，一口氣看下去吧！

在這裡請各位先回想一下，在英文文法中有這樣的規則：

I have some books. 若改成否定句的話就是 I don't have any books.

沒錯，表達「一些」的 some，在否定句中會變成 any。

法語中也有類似的規則。我們現在把上面的例句改成法文吧。

J'ai des livres. 改成否定句就是 Je **n'ai pas *de*** livres.

加在複數名詞前面的不定冠詞 des，在否定句中就變成了 de，我們可以把它想成是英文中的 some 在否定句時會變成 any。這個 de，是具有「否定意義的 de」，在定義上是像以下這樣子的：

★ 加在直接受詞前的 { 不定冠詞 un,une,des 等 3 種 / 部分冠詞 du, de la 等 2 種 } 在改為否定時都會變成de

在剛剛的「你有車嗎？」「不，我沒有」例句中，une 變成了 de。而上面提到會變成 de 的 5 個冠詞中，une 也包含在裡頭，對吧？不過你會發現，定冠詞 le, la, les 並沒有包含在裡面，對吧？定冠詞是不會發生變化的。就像英文中否定句裡的 the 是不會變化的。接下來…嗯…應各位讀者要求，我們來多舉出幾個除了 une 之外的例句吧。

Tu as un crayon? 你有鉛筆嗎？（un 是不定冠詞）
[ty a œ̃ krɛjɔ̃]

－Non, je n'ai pas ***de*** crayon. 沒有，我沒有（鉛筆）。
[nɔ̃ ʒ(ə) nɛ pa d(ə) krɛjɔ̃]

Il y a du lait dans le frigo? 冰箱裡有牛奶嗎？（du 是部分冠詞）（frigo ＝in 冰箱）
[il i ja dy lɛ dɑ̃ lə frigo]

－Non, il n'y a pas ***de*** lait. 沒有，沒有牛奶。
[nɔ̃ il n‿i ja pa d(ə) lɛ]

這樣懂了嗎？接下來，這裡要提醒各位一個需要注意的地方。別擔心，馬上就結束了。請看一下下面的例句。

－Les croissants, ce n'est pas **du** pain. 可頌不是麵包。
[le krwasɑ̃ s(ə) nɛ pa dy pɛ̃]

（在法國，可頌是被當作甜點來看的。）

雖然這是否定句，卻沒有使用「否定意義的 de」。為什麼呢？這個句子，和其他有用「否定意義 de」的句子有什麼不同呢？

其實，並非只要是否定句就一定會使用「否定意義的 de」，主要是用來表達「連一點也都沒有」的意義時會才使用。

在之前提到「鉛筆」或「牛奶」的例句中，其否定的意義都是用來強調「連一點都沒有」的狀況，對吧。但是在 Les croissants, ce n'est pas du pain 的例句中，強調的不在於「有沒有麵包」這件事上。也就是說，這個句子主要在為兩個種類的物品「做區分」，來表達「A 不是 B」的概念。像這樣的句子，不需要使用「否定意義的 de」，所以也就沒有把部分冠詞 du 換掉。

沒錯，就像是要否定「I am a student.」這個句子時，也只會加上 not 變成 I am not a student. 而已一樣，定冠詞 a 沒有產生任何變化。

要了解「否定意義的 de」可能會有點困難，也許很容易忘記。但這個規則在法文中是非常嚴格的，所以要確實了解怎麼運用喔。（了解啦！）

※ 剛剛在解譯定義時，出現了讓各位感覺很討厭的詞彙。（啊，那位在吃洋芋片的同學！不用慌慌張張地收起來，沒關係。我講的東西跟體重沒有關係）

好了，重新回到主題……

上面提到，只有在表達「連一點也沒有」的意思時，才會使用到「否定意義的 de」。其實在大多數的教科書中，會用不同的說法來解釋這個概念。換個說法來解釋，只有在不定冠詞、部分冠詞接在「直接受詞」前面的情形下，遇到要表達否定句時，才會變成「否定意義的 de」。

沒錯，各位覺得討厭的詞彙應該就是這個「直接受詞」，很討厭，對吧？其實啊，解釋文法的人也覺得這些專有名詞很討厭！關於「直接受詞」的說明就留到第 17 課吧！（搞什麼嘛，居然要放到後面再說？！）

再強調一次，上面提到的兩種解釋，都在說明同一件事情，所以各位只要選擇對自己而言容易理解的方式去思考就好了。

EXERCICES 5

請將以下句子改成否定句，請注意「否定意義的 de」的用法。

❶ **Je suis professeur.** 我是老師。

❷ **J'ai un crayon.** 我有鉛筆。

❸ **Il y a des oranges sur la table.** 桌上有柳橙。

答案

① Je ne suis pas professeur.

② Je n'ai pas de crayon. ☞ 否定的 de

③ Il n'y a pas d'oranges sur la table. ☞ 否定意義的 de 與母音開頭單字會產生省略現象

※③ 是很困難的問題。

Q6 **我之前聽過一首歌，其中有一句是 Je t'attends en bas dans la rue où l'autobus ne passe plus。這裡用到了 ne... plus，到底 ne... plus 表達的意思是什麼呢？而 ne... plus 和 ne... pas 有什麼差別呢？**

A6 我了解你的問題。我先舉另外一個例子讓你做比較。

Il est jeune. 他很年輕。
[il‿ɛ ʒœn]

Il n'est pas jeune. 他不年輕。
[il nɛ pa ʒœn]

Il n'est plus jeune. 他已經不年輕了。
[il nɛ plu ʒœn]

從第二和第三句的中文來看，應該可以知道差別吧。一般的否定是用 ne... pas，表示根本不曾發生過；而用 plus 取代 pas 的話，就會變成「已經不…」的意思，表示曾經發生過，但現在已經不再有了。現在再看下面這兩句。

où l'autobus ne passe pas 公車不會經過的地方（不曾經過）

où l'autobus ne passe plus 公車不再經過的地方（曾經經過）

從上面兩個句子的比較，相信就比較知道怎麼區分與運用 ne... plus 和 ne... pas 了吧。順帶一提，ne... plus 後面也可接名詞。例如要表達「他已經沒有頭髮了」，可以說 Il n'a plus de cheveux.，要注意後面的 de。

除了 ne... plus 和 ne... pas，還有像是 ne... jamais 的用法，其意思相當於英文的 never，也就是「決不…」的意思。

06 形容詞（L'adjectif）

表達像是「可愛的」的詞類

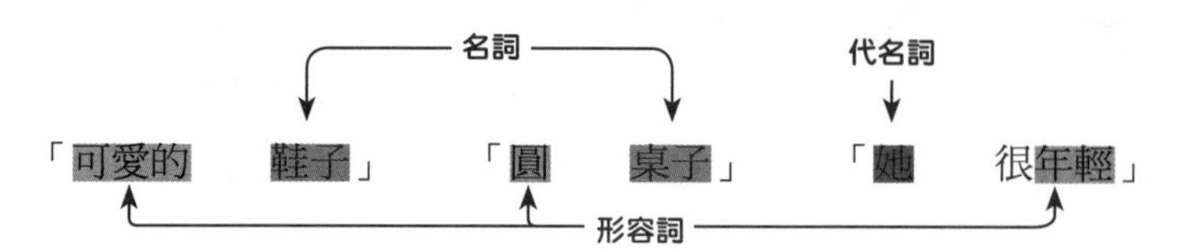

第 6 課開始來上形容詞。所謂的形容詞，就是用來修飾或說明名詞或代名詞的詞類。請看一下上面的例句，■是形容詞，■是名詞，■是代名詞。

相信大家都可以理解，不管是哪一種形容詞，都能和名詞或代名詞連用。就這個概念上，不管是法文的形容詞，或是英文、中文的形容詞都是一樣的。只是…如果來看一下實際的用法，就會發現法文的形容詞，和英文、中文在用法上有很大的差異。現在，就按照順序仔細看下去吧。

形容詞在陰陽性、單複數上需要一致

法文的形容詞會依據所修飾的名詞陰陽性或單複數，而產生四種變化。用講得可能很難懂，讓我們來看看具體的例句吧。

表達「金髮的」的形容詞，其法文是 **blond**。在陰陽性、單複數不同的組合之下，會有以下表現方式。

	單數	複數
陽性	**un garçon blond** [œ̃ garsɔ̃ blɔ̃]	**des garçons blonds** [de garsɔ̃ blɔ̃]
陰性	**une fille blonde** [yn fij blɔ̃d]	**des fille blondes** [de fij blɔ̃d]

⬇

金髮的少年	金髮的少年們
金髮的少女	金髮的少女們

就如各位所見，形容詞在與名詞做連結時，會有這四種形態，也就是「陽性單數形、陰性單數形、陽性複數形、陰性複數形」這四種。（請見Q7）

如果有在上法文課，被老師用 une fille blonde 的例子出題，問說：

「blonde 這個形容詞屬於什麼形態」。

這時你應該會回答：「陰性單數形」，對吧。

不過如果只是回答「陰性」或只是回答「單數形」而已，這樣的答案還不夠充分。但看你這麼有精神地舉手回答，應該是已經知道正確答案了。

接下來，我們來確認一下形容詞這四種形態的寫法。

還是不太明白的話，請再看一次上面關於 blond 的表格。已經了解了嗎？你會發現，陽性單數形其實是基本的形態，

陽性單數形 ＋ e ＝ 陰性單數形

而複數形則只要在後面加上 s 就可以了。（請見 Q8）

※（陽性 → 陰性）有特殊變化的形容詞

在形容詞之中，有幾個是不按照「陽性單數形＋e＝陰性單數形」的規則來變化的，所以在轉變陰性形容詞時是會進行比較特殊的變化。現在舉出幾個最具代表性的例子。

(1)特殊的陰性變化形容詞

陽性		陰性			陽性		陰性		
bon [bɔ̃]	→	**bonne** [bɔn]	：	好的	**frais** [frɛ]	→	**fraîche** [frɛʃ]	：	新鮮的
beau [bo]	→	**belle** [bɛl]	：	美麗的	**nouveau** [nuvo]	→	**nouvelle** [nuvɛl]	：	新的

(2)當陽性單數形以 -e 結尾時，陰性單數形則維持不變化。

陽性		陰性			陽性		陰性		
jeune [ʒœn]	→	jeune [ʒœn]	：	年輕的	rouge [ruʒ]	→	rouge [ruʒ]	：	紅的

(3)陽性複數形的特殊變化：

當陽性單數形是以-s,-x 結尾時，陽性複數形會維持不變。

單數		複數			單數		複數		
mauvais [mɔvɛ]	→	mauvais [mɔvɛ]	：	不好的	heureux [œrø]	→	heureux [œrø]	：	幸福的

雖然說不用太過緊張，但以上舉出來的例子中，例如 bon 可是十分常用的形容詞，千萬不要忽略喔，這裡舉出來的這幾個例子，一定要記住喔！

形容詞擺放的位置，大多和英文、中文不同

法文的形容詞基本上是放在名詞的後面，和英文或中文相反。之前列出表達「金髮的」blond 的表格中，blond 全都放在名詞 garçon 或 fille 的後面。以下再舉幾個例子。

■是形容詞，■是名詞。

黑色的　藍色的
un pantalon noir et une veste bleue　　黑色褲子和藍色外套
[œ̃ pɑ̃talɔ̃ nwar e yn vɛst blø]

鞋子　舒適的
des chaussures confortables　　很好穿的鞋子
[de ʃosyr kɔ̃fɔrtabl]

不過也是有一些形容詞是放在名詞前面的。以下先列舉 9 個形容詞。

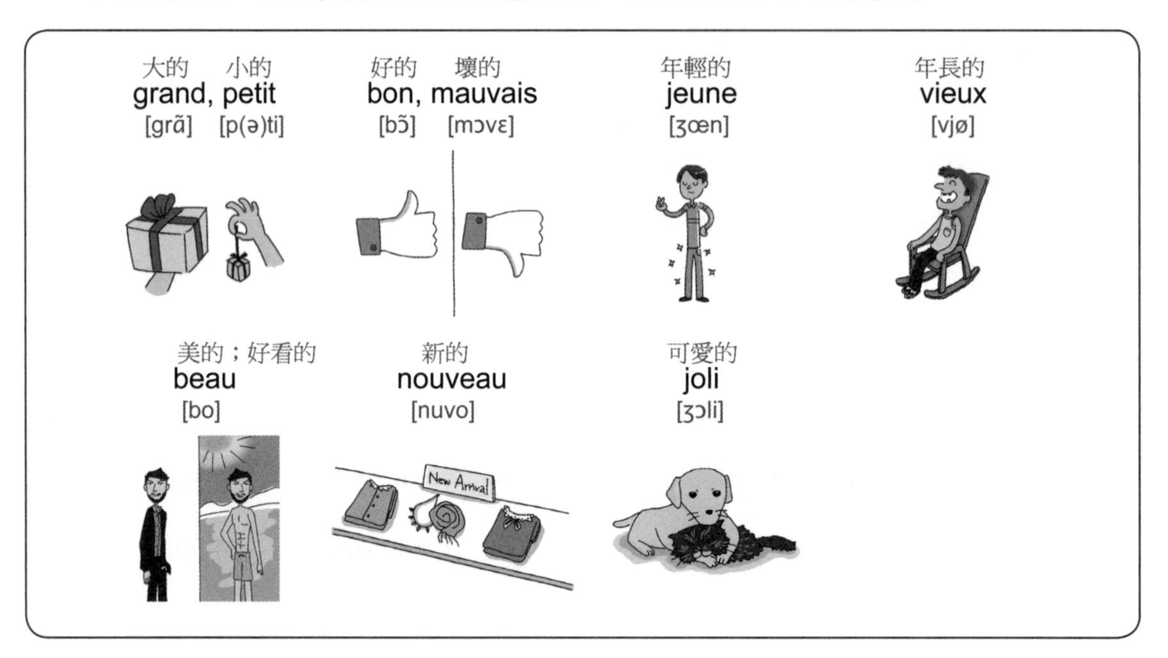

大的　房屋
une grande maison　　大的房屋
[yn grɑ̃d mɛzɔ̃]

美味的　蛋糕
un bon gâteau　　好吃的蛋糕
[œ̃ bɔ̃ gato]

形容詞都在名詞的前面，對吧？

以上這些形容詞是有共通點的。那就是，它們都是「日常生活中經常使用、簡短的形容詞」。沒錯，是經常會用到的！既然都說會經常用到了，沒辦法，就來記一下吧！

※ 最後有個小地方要注意。

當形容詞是放在名詞前面，且當名詞為複數形時，不定冠詞 des 會變成 de。

une *grande* maison 名詞	➡	***de*** *grandes* maisons ~~des~~ 名詞
（1 間）大房子		（幾間）大房子

une fille *blonde* 名詞	➡	des filles *blondes* 名詞
（1 位）金髮女孩		（幾位）金髮女孩

EXERCICES 6

請將括弧內的形容詞改為適當的形態，並置於名詞 fille, chaussures 的前方或後方。

❶ C'est une ______ fille ______ .（blond）

❷ C'est une ______ fille ______ .（grand）

❸ C'est une ______ fille ______ .（jeune）

❹ Ce sont de ______ chaussures ______ .（beau）

❺ Ce sont des ______ chaussures ______ .（confortable）

❻ Ce sont de ______ chaussures ______ .（petit）

答案

①blonde（後面） ②grande（前面） ③jeune（前面）（特殊的陰性形）

④belles（前面） ⑤confortables（後面） ⑥petites（前面）

Q7 **已經知道形容詞有四種形態了。那麼，發音方式也是四種唸法嗎？從 blond「金髮的」表格上來看，好像只有兩種發音方式？**

A7 我們從結論開始講起吧。雖然形容詞在陰陽性、單複數的不同變化下，其拼法會有四種，但發音卻只有①兩種，或者是②一種而已！這是為什麼呢……。

就如同您所注意到的，在 blond「金髮」的例子中，發音確實是有兩種唸法（也就是符合①的條件）。請回想一下，複數形的 s 是不發音的，對吧？換句話說，既然字尾的 s 不發音，那麼單數形和複數形的唸法都會是一樣的（例如，blond 和 blonds 都唸 [blɔ̃]）。所以應該就可以明白，發音不至於會有四種唸法。

接下來的問題是，「陽性單數形」和「陰性單數形」的發音會不會有差異呢？我們同樣從結論來看，發音有時會差異，有時則是不會差異！

這樣講可能有點難懂，但形容詞其實純粹就是「拼字和發音」的問題而已。舉例來說：

陽性・單數：blond ⟶ d 在字尾不發音。

陰性・單數；blonde → e 在字尾不發音，而因為 d 不在字尾所以要發音。

也就是說，形容詞 blond 在變化上會有兩種唸法，屬於①的條件。

接下來，舉出屬於條件②的形容詞，代表性的例子是 joli（可愛的）。

這是日常生活中經常使用的簡短形容詞。

陽性・單數：joli ⟶ 如同拼字的唸法，唸作 [ʒɔli]。

陰性・單數：jolie → 因為字尾的 e 不發音，所以一樣唸作 [ʒɔli]。

所以從結果來看，這四種形態的發音都會是一樣的。

Q8 請…等一下。在A7的說明中，不論是陰性或陽性名詞，其單複數的發音都是一樣的，但像是jeune的陽性單數形和複數形，

un jeune garçon　　de jeunes garçons

像這個例子，單數 jeune 的字尾 e 不發音是可以理解的。但是在複數形 jeunes 的情況下，字尾是 s，那麼前面的 e 是不是就要發音了，這樣的話，jeune 和 jeunes 的唸法是不是又會不同了呢？

A8 關於複數形的部分，希望各位可以想得單純一點，請想成是原本的 jeune [ʒœn]，後面多加了一個不發音的 s，複數形的唸法就跟單數形的唸法一樣。

Tu as de la chance! (幸運 [ʃãs])　　你真幸運！（de la 是部分冠詞）

Q9 在讀法文文章時，經常看到 de。這個 de 感覺上有很多功能的樣子？

A9 沒錯，的確是有幾種功能，大約有 4 種。雖然現在講這個還有點早，但既然都問了就把它整理出來吧。

★ 4 種不同功能的 de ★

❶ 介系詞的 de　　相當於英文的 of 或 from。
C'est la mère ***de*** Marie.　　這是瑪莉的媽媽。（請看 p.44）

❷ 否定意義的 de
Marie n'a pas ***de*** robe.　　瑪莉沒有洋裝。（請看 P.34）

❸ 部分冠詞（de la / de l'）的一部分（請看 P.19）
Tu as ***de la*** chance ! (幸運 [ʃãs])　　你真幸運耶！（de la 是部分冠詞）

❹ 不定冠詞 des 的變形。（請看 P.41）
Il y a ***de*** grandes maisons. 有（幾間）大房子。

實際上❶的出現機率最高，❹則是最少。下次遇到 de 時，如果不確定是屬於哪一種功能的話，請來這裡確認吧！

「介系詞」和「定冠詞」的縮寫

Café au lait 的 au＝á＋le

這堂課的標題看似有點嚇人，不過這一點也不難，而且也不複雜。來吧，趕快學起來吧！

法文的介系詞

各位應該經常聽到介系詞這個詞吧。概略來說，就是「放在名詞前面」的詞類。如果要嚴格來定義的話，就交給各位去想像了……（真的假的？）。

各位請先試著說出 5 個以上的英文介系詞。答案請見此篇文法重點的最後。

答出來了嗎？介系詞是經常使用的詞類，而且大多是很簡短的單字。

好，讓各位久等了，法文的代表性介系詞如下。並將意義相近的英文標示在後面。

・à	：向～，往～，在～	à Paris [a pari]	往／在巴黎
	（相當於 to, at 等）	à midi [a midi]	在正午
・de	：～的，從～	la photo de Marie [la fɔto d(ə) mari]	瑪莉的照片
	（相當於 of, from 等）	De Taïpei [d(ə) taipɛ]	從台北
・dans	：在～之中　（相當於 in）	dans un café [dɑ̃z œ kafe]	在咖啡廳（裡）
・pour	：為了～　（相當於 for）	pour la santé [pur la sɑ̃te]	為了健康
・en	：在～，於～　（相當於 in）	en France [ɑ̃ frɑ̃s]	在法國
・avec	：和～一起　（相當於 with）	avec Marie [avɛk mari]	和瑪莉一起

有一個要注意的地方。

雖然現在把英文的介系詞標示在旁做對照，但就 à 這個字來說，如同各位所發現的，法文和英文的介系詞在意義上並非一對一的關係，所以意思也不會完全相符合。大略來說，上面所提到英／法對照是僅作參考的，但語意上仍有細微的差別，希望各位以後閱讀到例句時能夠細細品味，並慢慢地調整，用法文的概念去思考會比較好，而不要完全用英文的邏輯去運用這些介系詞（當你已經能夠區分出其中的差異時，大概就是要跟這本書說再見的時候了。雖然很難過，但我會含著淚，目送你離去的…）。

一開始請各位先想出 5 個以上的英文介系詞，這裡將公布答案：**of, to, in, for, at, on, with, from**

「介系詞＋定冠詞」的縮寫：會變成另外一個字

前面列舉出的法文介系詞中，特別常用的是 à 和 de（相當於英文的 to 和 of）。

那麼，在這些介系詞後面比較常接什麼樣的單字詞類呢？當然，各式各樣的單字詞類都有可能，但經過統計，第 1 名是定冠詞。如果從英文的角度來看，就像是 go ***to the*** station（去車站）或是 captain ***of the*** team（隊長）這類用法了。

在法文中，特別是介系詞 à 和 de，當後面接定冠詞時，介系詞和定冠詞（陽性）兩者會合併成為另一個單字。就像以下所示：

・à＋le→ au [o]	café au lait [kafe o lɛ] ⬆ café *à le* lait	咖啡歐蕾（咖啡牛奶）
・à＋les→ aux [o]	fille aux yeux（眼睛） bleus [fij oz jø blø] ⬆ fille *à les* yeux bleus	藍眼睛的女孩
・de＋le→ du [dy]	coupe（杯子） du monde（世界） [kup dy mɔ̃d] ⬆ coupe *de le* monde	世界盃
・de＋les→ des [de]	le roi des animaux [l(ə) rwa dez‿animo] ⬆ le roi *de les* animaux	萬獸之王（獅子）

「咖啡歐蕾」的「歐」，就是這樣來的。

像這種合併・縮寫，只要能夠改的話就非改不可。雖然英文的 don't 跟 do not 是兩種都可以用的情況，但法語可就不行了。

那麼接下來就來介紹不合併的例子吧。也就是接續 la 或 l' 的時候。

・à＋la	歌　流行 chanson à la mode [ʃɑ̃sɔ̃ a la mɔd]	流行歌
・à＋l'	旅館 à l'hôtel [a lɔtɛl]	往旅館；在旅館
・de＋la	房屋 de la maison [d(ə) la mɛzɔ̃]	家的；從家裡
・de＋l'	機場 de l'aéroport [d(ə) laerɔpɔːr]	機場的；從機場

就這樣！你看，沒什麼大不了的吧？

EXERCICES 7

請將以下例句中畫底線的部分改為正確的寫法。

❶ **Voilà un café à le lait.** 這是咖啡歐蕾。

❷ **C'est la Gare de le Nord.** 這裡是北車站。

❸ **La carte de les vins, s'il vous plaît.** 請給我葡萄酒酒單。

❹ **Ce sont des tartes à les pommes.** 這些是蘋果派。

❺ **Voici le musée de le Louvre.** 這是羅浮宮美術館。

答案

① au ② du ③ des ④ aux ⑤ du

Q10 **前面提到 de＋le → du，對吧？可是這個 du，跟前面學過的部分冠詞 du（P.19）的拼法是一樣的。那麼，有方法分辨出兩者嗎？**

A10 了不起！你真的有在念書耶！說得沒錯。de＋le 合併縮寫的 du，還是部分冠詞的 du，不管是拼法或唸法都是一樣的。

至於要如何分辨，這個嘛…倒是沒有分辨的方法！不過別擔心，你已經知道這兩者的不同用法（合併縮寫 du 與部分冠詞 du），表示你應該不至於會搞混，對吧。♥

順帶一提，de＋les 合併縮寫的 des 和不定冠詞 des 的拼法和發音，也是完全一樣的。只要知道這兩者的不同用法，就比較不會被搞混。

★du 可表示

（i）部分冠詞

（ii）de＋le 的縮寫

★des 可表示

（i）不定冠詞

（ii）de＋les 的縮寫

重要！

Q11 **嗯…，問這個問題有點不好意思，有個服裝的品牌叫做 olive des olive，那是什麼意思呢？這裡的 des 是 de＋les 嗎？**

A11 服裝的品牌經常都會用法語耶。像是 comme des garçons（直譯：「如少年般」）、休閒風格的 Vert Dense（直譯：「深綠」），還有風靡一時的 cocue（直譯：「被劈腿的老婆」）。然而，像這些用法文命名的品牌中，似乎也出現了一些用法不正確的例子，像是 olive des olive。正確的寫法應該是 olive des olives 才對。這麼一來，des 就是從 de＋les 而來，也就是「橄欖中的橄欖」的意思。而如果把橄欖比喻作女性的話，就是「女人中的女人」，也就是「最好的女人」的意思。而發音上也要有連音（liaison）。

Q12 **「咖啡歐蕾」（café au lait）原來是法文啊，而且 au 還是「介系詞和定冠詞的縮寫」而來。這種原本是來自於法文，之後音譯成中文的例子還有其它的嗎？如果是本來就認識的字的話，就會比較好記。**

A12 除了「咖啡歐蕾」（café au lait）之外，其實中文還有一些外來語是源自於法文的，而且我們常常在使用。像是香檳（champagne）、芭蕾（ballet）、慕斯（mousse：一種由雞蛋與鮮奶油製作成的甜點）。除此之外，還有我們熟知的家樂福（Carrefour）也是從法文來的。carrefour 在法文的原意是指「十字路口」，之所以要以此命名的原因是，第一家家樂福量販店就在法國某地的十字路口旁。

★ h 的兩個發音規則

我們在本課看過 l'hotel，可以知道這裡的 h 是啞音，不發音，所以就讓前面的 le 省略母音並縮寫。「h 是不發音的」這個規則相信都已經瞭解了。

然而，並非所有字首的 h 都會和前面的單字產生母音省略現象。字首的 h 會因為性質的不同，而分成以下 2 種類型：

⑴啞音 h：此時的字首 h 會和前面的單字形成連音。（母音省略的）

⑵嘘音 h：此時的字首 h 不會和前面的單字形成（母音省略的）連音，但這樣的單字不多。

以下舉個例子：

i）des hôtels（飯店）
[dez otɛl]

ii）des héros（英雄們）
[de ero]

沒錯，以「嘘音 h」當作字首的單字，不會和前一個單字作（母音省略的）連音。（在某些字典中，只要在單字前標示“＋”號像是 ＋héros 就表示為「嘘音 h」）。

-er 結尾的動詞

法語的第一類動詞：像是「chanter, danser, aimer」的動詞

在第 3 課時，已經對 être 和 avoir 這兩個動詞說明過了。它們就相當於英文的 be 和 have，可以說是最重要的動詞。

本課接下來要探討的「-er 動詞」，並不是「一個」動詞，而是「一組規則動詞」。規則動詞？沒錯，屬於這個群組的動詞，都會進行同一種模式的動詞變位（＝動詞變化）。也就是說，只要記住一種模式，就可學會上百種「-er 動詞」的動詞變位了。真是太棒了！對吧？（如果你忘記什麼是變位的話，請翻到第26頁。）

現在就開始看下去吧。這裡的「-er 動詞」，在一般文法書會稱為「第1類規則動詞」。

「-er 動詞」到底是什麼…

先例舉出幾個動詞原形。

rencontrer
[rɑ̃kɔ̃tre]
見面；相遇

téléphoner
[telefɔne]
打電話

parler [parle]
說話

jouer [ʒwe]
玩

chanter [ʃɑ̃te]
唱歌

danser [dɑ̃se]
跳舞

embrasser
[ɑ̃brase]
親吻

aimer
[eme]／[ɛme]
愛

沒想到，光只要學會「-er 動詞」，人生就可以很滿足了。

在看「-er 動詞」的具體變位之前，我先列舉一下此類動詞群組的特徵。

※-er 動詞的特徵

1) 此類動詞原形的語尾全是以「-er」作結，沒有例外。
2) -er 的發音是 [e]。所以原形的語尾，就會唸成像是 [e] [ke] [se] [te] [ne] 這類的發音。
3) 在法文的所有動詞中，er 結尾的原形動詞佔了一大部分。
4) 此類動詞的六變位模式只有 1 種。很輕鬆吧！

如何？是不是覺得很簡單呢♥

那我們就以上述的特徵為基礎，來看看具體的例子吧。

「-er 動詞」以及簡單的變位模式

馬上來看具體的例子吧，就用 chanter（唱歌）為例。

chanter 唱歌

Je	chante.	我	[ʒə ʃɑ̃t]
Tu	chantes.	你	[ty ʃɑ̃t]
Il	chante.	他	[il ʃɑ̃t]
		唱歌。	
Nous	chantons.	我們	[nu ʃɑ̃tɔ̃]
Vous	chantez.	您（你們）	[vu ʃɑ̃te]
Ils	chantent.	他們	[il ʃɑ̃t]

各位可以發現，動詞的六變位主要是依照主詞在字尾部分做變化。至於動詞的前半部，即使主詞不同也不會隨之改變的 chant- 部分稱為語幹，而會改變形態的部分則是變位語尾。所以動詞變位就是由「語幹＋變位語尾」所構成的。而從動詞原形的 -er 部分可以判斷動詞會進行什麼樣的變位形態。

接下來就按照順序來看看語幹和變位語尾的說明與例子吧。

◇ 語幹

想知道「-er動詞」的語幹，就只要從動詞原形中把「-er」去掉即可。例如：

	原　形		語　幹
見面	rencontrer		rencontr-
打電話	téléphoner		téléphon-
說話	parler		parl-
玩	jouer	→ 去掉 er →	jou-
唱歌	chanter		chant-
跳舞	danser		dans-
親吻	embrasser		embrass-
愛	aimer		aim-

就是這樣。真是簡單得不得了♥

◇ 六變位的語尾

「-er 結尾的動詞」其實只有 1 種變化模式而已。那就是：

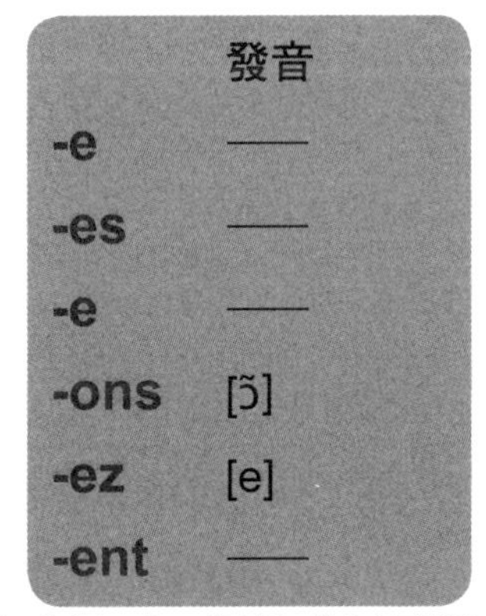

	發音
-e	——
-es	——
-e	——
-ons	[ɔ̃]
-ez	[e]
-ent	——

※參照 P.29 的「動詞變位的發音問題」

就像這樣。不管是要表達「見面」還是「打電話」，只要把語幹加上這些變位的語尾，就可以表現出各個主詞所搭配的動詞了。

文法重點 「-er 動詞」的發音：並非看到什麼就唸什麼

在了解第一類動詞的拼法後，接下來就是發音了。這很重要，要好好地學喔。

請再看一遍「動詞變位的發音問題」（請見 29 頁）。

看過了嗎？好，那就以此為基礎，再往深一點程度的語尾發音繼續了解吧。有沒有發現，29 頁的那三種語尾在這裡又再出現了，別懷疑，它們通通都不發音！

接著請看看前頁 chanter（歌唱）的六變位，並跟著 MP3 開口練習唸唸看。

你可能也有發現，雖然我說動詞有 6 種變化，但實際上，其中有 4 種動詞的發音是一樣的。我們一開始學的時候很容易認為，拼法不同，發音方式應該也會不一樣。但很意外地，有 4 個主詞所搭配的這 4 種動詞拼法，都是同一種發音。

發音相同喔

je chante	[ʒə ʃɑ̃t]	**nous chantons**	[nu ʃɑ̃tɔ̃]
tu chantes	[ty ʃɑ̃t]	**vous chantez**	[vu ʃɑ̃te]
il chante	[il ʃɑ̃t]	**ils chant*ent***	[il ʃɑ̃t]

這裡也都一樣

各位都是自掏腰包買了這本書來學法文的，學到現在，相信各位已經瞭解到，這 6 種動詞變位中有 4 種的發音是一樣的吧。可是呢，光是理解是不夠的，希望各位可以達到不需要思考就可以自然開口說的程度。請各位暫時捨棄掉輝煌的過去，讓心境回到像在背九九乘法表的小學生一樣，不斷反覆練習發音。特別是 ils chantent 這一組動詞變位，即使已經學過了，還是會有很多人唸錯，還是唸出帶有 ent 的鼻音。

★ 最後補上 2 個重點

⑴「-er 動詞」六變位的連音方式

「-er 動詞」中以母音開頭的動詞（例如 aimer 愛），會和前面的主詞產生連音（請見 P.22 的連音 liaison）。你對「愛」很擅長嗎？

mp3_08-3

aimer [eme]	
j'aime [ʒem]（母音省略）	**nous‿aimons** [nuz‿emɔ̃]（連音）
tu aimes [ty em]	**vous‿aimez** [vuz‿eme]（連音）
il⁀aime [il‿em]（滑音）	**ils ‿aiment** [ilz‿em]（連音）

如果你知道怎麼「愛 aimer」的話，「親吻 embrasser [ɑ̃brase]」、「結婚 épouser [epuze]」也就輕而易舉了！我指的是六變位，別想歪喔，先跟你說清楚。

⑵ 六變位的發音變化

不過像是「購買 acheter」等動詞，在進行六變位時，動詞的拼法與唸法會有幾個小小的規則變化。

acheter [aʃte]			
j'achète	[ʒaʃɛt]	**nous‿achetons**	[nuz‿aʃtɔ̃]
tu achètes	[ty aʃɛt]	**vous‿achetez**	[vuz‿aʃte]
il⁀achète	[il aʃɛt]	**ils‿achètent**	[ilz‿aʃɛt]

從上表中我們已知，拼法是依照「-er 動詞」的規則來變化的。可是粗體字標示出來的 4 個「è」，是在動詞原形 acheter 中所沒有的，這完全是為了發音上的方便而已。會有這種發音變化的單字還有以下幾個：

lever [l(ə)ve]（舉起）

commencer [kɔmɑ̃se]（開始）

s'appeler [saple]（名字是～）

manger [mɑ̃ʒe]（吃）

它們都是屬於「-er」動詞，只是有一點點不一樣而已。請用字典來作確認喔。

EXERCICES 8

1. 以下是「-er 動詞」的原形。請試著唸唸看。

❶ **chanter** 唱歌　❸ **embrasser** 親吻

❷ **danser** 跳舞　❹ **aimer** 愛

2. danser（跳舞）的變位，請在空格中填入答案。

je danse　**nous dansons**

tu (❶)　**vous (❸)**

il (❷)　**ils (❹)**

答案

2. ① danses ② danse ③ dansez ④ dansent

Q13 **我剛用字典查了 chanter 這個單字。可是接著我去查 chantent 的時候卻查不到！是因為字典的單字量不夠嗎？**

A13 你是說動詞變位的 chantent（主詞是 ils 或 elles），對吧？這不會出現在字典之中來當作一個單字來做解說的，並不是字典的單字量不夠喔！為什麼會這樣呢……。

那是因為在字典中不會特別去記載動詞的各個變位，而只會記載動詞的原形（在第 3 課也有提到）。所以如果在閱讀時看到某一動詞的變位時，在查字典之前就要先將該動詞還原成原形。原形←→動詞變位，要慢慢學會如何相互轉換喔。

Q14 **再問一個關於查字典的問題。在查動詞時，有些動詞後方會寫著數字，有些卻沒有。那代表著什麼意思呢？**

A14 寫在動詞後面的數字，是指在整本字典最後（附錄部分）所整理的動詞變位清單上的號碼。

假設我們現在查了動詞 A，而該動詞後面寫著 51。接著各位就會翻到字典的最後，去找第 51 號的動詞，同時也發現 51 號正好就是動詞 A 的變位，如此一來就沒有任何問題了。然而，有很多時候並不是這樣的。「動詞變位清單」主要是讓讀者知道動詞的變位。而同樣都屬於 51 號這類型變位的動詞不會只有動詞 A，有很多動詞都屬於此變位。於是，「動詞變位清單」就只會用其中一個代表性的動詞來表示此變位。而如果動詞 B 後面也是標上 51 號，那就表示動詞 A 和 B 都屬於同一類型的動詞變位。

另外，當動詞後面沒有出現數字時，就表示該動詞就是「-er 結尾的動詞」。也就是說，占了一半以上的「-er 動詞」，其變位方式是相同的，而且在字典中是沒有數字的。

09 疑問句

用 3 種方式表達問句「你愛我嗎？」

這堂課要來探討疑問詞。這裡我們試著用題目和解答的形式來為各位說明。來吧！

☆ 把下列的例句各改成 3 種類型的疑問句。

① Il est étudiant.　　他是學生。
[il ɛ etydjɑ̃]

② Marie aime la cuisine（料理） japonaise（日本的）.　　瑪莉喜歡日式料理。
[mari ɛm la kɥizin ʒapɔnɛːz]

3 種類型？沒錯，法語的疑問句，可用 3 種方式表達。

那麼我們按順序來看解答吧。第一個先來看用音調來表達疑問的方式。

1) 以音調上揚方式所構成的疑問句

① Il est étudiant?
[il ɛ etydjɑ̃]

② Marie aime la cuisine japonaise?
[mari ɛm la kɥizin ʒapɔnɛːz]

咦？只要寫上「？」就可以了嗎？沒錯！就是這樣。

只要寫上「？」就可以得一分了。但是在發音上，如果不把尾音往上提的話，對方就不會知道你是在表達疑問喔。而這類型的表達方式主要也是在會話中使用。

2) 使用 est-ce que 的疑問句

這個表達方式是用了一個固有的句型。

① Est-ce qu'il est étudiant?
[ɛs kilɛ etydjɑ̃]

② Est-ce que Marie aime la cuisine japonaise?
[ɛ s k(ə) mari ɛm la kɥizin ʒapɔnɛz]

沒錯，各位會發現，此表達方式用了 est-ce que 的句型來表現。只要在最前面加上這個魔咒，接下來就只要直接附上原本的句子就可以了。真是太神奇了，只要用此句型，不管是什麼樣的句子都可以在瞬間變成疑問句！

在使用這個句型時，有一個小地方要注意。

➡ 像例句①的情況，當 est-ce que 後面接的單字是母音開頭的情況時（在這裡指的是 il 的部分。而 elle, ils, elles 也同樣要注意），est-ce que 會變成 est-ce qu'。

沒錯，que 是會產生「母音省略」（請見 p.12 的 élision）的單字。

(3)以倒裝方式呈現的疑問句

這是最後一個表現疑問句的方式。第 3 種表現方式可能會有點困難，也就是要使用倒裝的方式。以這種方式呈現時，例句①和例句②的形態會有點不同。我們從①開始。

① Est-il étudiant? ⬅（單純倒置）
[ɛt‿il etydjɑ̃]

這個其實不難。只要把主詞 il 和動詞 est 倒裝，並在中間加上橫線－就可以了。

② Marie aime-t-elle la cuisine japonaise? ⬅（複合倒置）
[mari ɛm t‿ɛl la kɥizin ʒapɔnɛːz]

嗯…這個嘛…有點難。

第一個要問的是，例句①和②是不是有什麼不一樣的地方。因為第 3 種造問句的方式是以倒裝來呈現，所以和第 1 種（以肯定句音調上揚方式呈現）與第 2 種（在肯定句前面加上 est-ce que）會有點不同。不過，不同的地方到底是什麼呢？

想必各位都發現到了。相對於例句①中的主詞是 il，例句②的主詞則是 Marie。就例句①來看，就像上面說明的一樣，只要把主詞和動詞倒裝就可以了。

但就例句②的情況，就有點複雜了。但如果用例句①的邏輯來造問句，就會變成：

× **Aime-Marie la cuisine japonaise？但這樣的句子是不正確的。**

那麼到底該怎麼改才對呢？

請看看上面的正確例句。在這種情況下，請記住以下幾點：

(1) 首先把主詞位置的 Marie 放在句首。

(2) 接著依主詞的屬性，寫出此主詞的代名詞。在這裡就是 elle（Marie 是陰性單數）。

(3) 最後再把代名詞和動詞做倒裝。

Marie　　aime　－　elle

這就是複合式的倒裝方式。（不用記這名稱也沒關係。）

不過，這樣子還不是正確的疑問句喔。因為我們還沒解釋 aime-*t*-elle 之中，被夾在中間的那個 t。但它就像是個贈品一般，不是每次都會出現的。那麼它到底是什麼時候才

會出現呢？那就是，

- 動詞為「-er 動詞」、avoir 或 aller 時（請見第 11 課）
- 主詞為 il 或 elle 時

只有在這兩個條件都符合的時候，倒裝的動詞和代名詞之間才會加上「-t-」。這其實只是為了方便連音而已，「-t-」本身是沒有意義的。（例： A-t-elle une voiture? 她有車嗎？）

我們現在再把三種疑問句的表達方式整理一遍吧。

他是學生嗎？

① Il est étudiant?

① Est-ce qu'il est étudiant?

① Est-il étudiant?

瑪莉喜歡日本料理嗎？

② Marie aime la cuisine japonaise?

② Est-ce que Marie aime la cuisine japonaise?

② Marie aime-t-elle la cuisine japonaise?

OK？ 辛苦了。

◇ 對於疑問句的回答方式

我們在這裡提一下對於疑問句的回答方法吧。例如對疑問句①回答方法有以下 2 種。

—Oui, il est étudiant.　　是的，他是學生。
[wi il‿ɛ etydjɑ̃]

—Non, il **n'** est **pas** étudiant.　　不是，他不是學生。
[nɔ̃ il nɛ pa etydjɑ̃]

Oui 也就是英文的 YES，而 Non 則是英文的 NO。（這還用說啊！）

那麼接下來我們稍微改變一下，先把例句②改成否定句，並在後面加上問號變成疑問句來看看，也就是所謂的「否定疑問句」。同時來看一下否定疑問句的兩種回答方式。

❓ Marie **n'**aime **pas** la cuisine japonaise？ 瑪莉不喜歡日式料理嗎？
[mari nɛm pa la kɥizin ʒapɔnɛːz]

－Si, elle aime la cuisine japonaise. 不是的，她喜歡日式料理。
[si ɛl‿ɛm la kɥizin ʒapɔnɛːz]

－Non, elle **n'**aime **pas** la cuisine japonaise. 是的，她不喜歡日式料理。
[nɔ̃ ɛl nɛm pa la kɥizin ʒapɔnɛːz]

當疑問句本身是否定式時，先不要在意中文翻譯裡的「是」或「不是」。簡單來說，面對否定疑問句時，當想用否定的方式來回答（用 ne~pas 的句型時）就用 non 來表示；想用肯定的方式來回答的話就用 si，只要放在句首即可。被對方以否定疑問句方式問到的時候，不會使用 oui。

用中文舉個例子：

（不懂嗎？）

–（Si，我懂！）

EXERCICES 9

請將下列的法文改成 3 種不同的疑問句。

❶ **Vous êtes Taïwanais.** 您是台灣人。
[vuz‿ɛt taiwanɛ]

❷ **Sophie téléphone à son ami.**
[sofi telefɔn(ə) a son‿ami]
蘇菲打電話給她的（男性）朋友。

---

① Vous êtes Taïwanais ?
Est-ce que vous êtes Taïwanais ?
Etes-vous Taïwanais ? ☞大寫時可省略拼音記號。

② Sophie téléphone à son ami ?
Est-ce que Sophie téléphone à son ami ?
Sophie téléphone-t-elle à son ami ?

Q15 **在英文的情況下，被問到 He is a student? 時，經常會用 Yes, he is.的簡答方式來回答，那麼法文是不是也可以用 Oui, il est.來取代 Oui, il est étudiant. 呢？**

A15 的確，在英文中，簡短的回答是比較普通的。不過在法文中，並不會用 Oui, il est. 來回答，而是用單純的 Oui. 來簡答，或者是用完整句子 Oui, il est étudiant. 來表達。

Q16 **像是「～，對吧？」或「～，不是嗎？」這種附加疑問句很常見，在法文的對話中也應該是經常聽到或用到吧，該怎麼表達呢？**

A16 沒錯，這種加在一般句子後方的問句，就叫作附加問句，例如「這是你的錢包，對吧？」。那麼到底該怎麼表達呢。

其實法文的附加疑問詞只有 1 種形式。那就是：

Il est étudiant, **n'est-ce pas**？　　他是學生，對吧？
[il ɛ etydjɑ̃ nɛs pa]

就像這樣。這個句型可以接在任何句子的後面，是一個非常好用的表達方式，在會話中的確也經常使用。但如果用得太過頻繁的話，就會顯得有失格調，對吧？

★ 數字・nombres

mp3_09-2

1	2	3	4	5
un（une） [œ̃]　[yn]	deux [dø]	trois [trwa]	quatre [katr]	cinq [sɛ̃ːk]
6	7	8	9	10
six [sis]	sept [sɛt]	huit [ɥit]	neuf [nœf]	dix [dis]

這堂課是關於「形容詞三色拼盤」，主題包含以下 3 種。

・指示形容詞　・疑問形容詞　・所有格形容詞

它們之間的共通點，就是它們都是「形容詞」。

我們在第 6 課的時候，就已經有討論過「形容詞」了。請翻回第 6 課稍微複習一下（聽說有很多人在讀完那篇以後都染成金髮了）。☞ 請見P.38。

在第 6 課中我們有學到：

「法文的形容詞，會依照所修飾的名詞屬性或數量，而有 4 種變化」。沒錯，除了第 6 課中所學到的普通形容詞之外，本課還會介紹三種形容詞，且同樣會依照名詞的屬性或數量，而產生形態上的改變。如果各位都能夠理解這個共通點的話，這堂課可以說已經上完一半了。

接下來，讓我們就一一看下去吧。

指示形容詞：用來表示「這個～」「那個～」「那幾個」

這用中文來說就是相當於「這個～」「那個～」「這／那幾個～」的詞類。沒錯，指示形容詞的意義範圍很廣，所以依據場合條件，可以翻譯成以上 3 種意思。具體的例子在這裡，

	單數	複數
陽性	**ce** [s(ə)]	**ces** [se]
陰性	**cette** [sɛt]	

這位少年
ce garçon
[s(ə) garsɔ̃]

這些少年們
ces garçons
[se garsɔ̃]

這位少女
cette fille
[sɛt fij]

這些少女們
ces filles
[se fij]

雖然中文都是「這個」的意思，但在接續「少年」（garçon）時和接續「少女」（fille）時，形容詞的形態是不同的，會根據名詞的屬性或數量而改變。雖然一直重複會很囉唆，但就是這麼一回事。而指示形容詞的複數形，不論陰陽性都是同形的，所以要表示複數的「這／那些~」時，只有 ces 這一種類型而已。

※ 當陽性單數名詞是以母音開頭時，會用 cet 代替 ce。例如 cet arbre（這棵樹）。

※ 如果要表達 2 個相同種類的東西，又必須區分出「這個~」和「那個~」的時候，就會用以下的方式來表示：

ce restaurant-**ci** et **ce** restaurant-**là**　這間餐廳和那間餐廳

只是這種情況並不常見喔。

疑問形容詞：用來表示「怎樣的~」「哪一個~」「~是什麼」

馬上來看以下表格吧。疑問形容詞的這四種形態的發音都是一樣的。

	單數	複數
陽性	**quel** [kɛl]	**quels** [kɛl]
陰性	**quelle** [kɛl]	**quelles** [kɛl]

哪位少年
quel garçon
[kɛl garsɔ̃]

哪些少年們
quels garçons
[kɛl garsɔ̃]

哪位少女
quelle fille
[kɛl fij]

哪些少女們
quelles filles
[kɛl fij]

Quelles fleurs achetez-vous? 您要買哪些花呢？
[kɛl flœr aʃte vu]

因為 fleurs（花）是陰性名詞複數形，所以疑問形容詞也會跟著改變，而變成 quelles。另外，這個疑問形容詞也經常使用在詢問他人年齡的時候。

Quel âge avez-vous?　請問您今年貴庚了？
[kɛl‿aʒ ave vu]

－J'ai dix-huit ans.　－我 18 歲。
[ʒɛ dizɥit‿ɑ̃]

唉，你的 17 歲再也回不去了……。來吧，擦乾眼淚，繼續向前邁進吧！

所有格形容詞：用來表示「我的~」「你的~」「他的~」等

相當於中文的「我的~」、「你的~」、「他的~」等的形容詞。請見以下的表格。

所有格			
陽性・單數	陰性・單數	陽性／陰性・複數	中譯
mon [mɔ̃]	**ma** [ma]	**mes** [me] ➡	我的
ton [tɔ̃]	**ta** [ta]	**tes** [te] ➡	你的
son [sɔ̃]	**sa** [sa]	**ses** [se] ➡	他的、她的、那個～
notre [nɔtr]		**nos** [no] ➡	我們的
votre [vɔtr]		**vos** [vo] ➡	你們的、您的
leur [lœr]		**leurs** [lœr] ➡	他們的、她們的、那些～

這個表格要如何閱讀與運用呢？這裡舉出一些例子，請仔細運用表格，來把以下題目改寫成法文。

1)「我的父親」： ____________（提示：父親＝père）

所有格部分是「我的」，所以請先看表格的第一行。這麼一來，就可知要用 mon, ma, mes 中哪一個所有格了。

接著再來想，這裡的「所有物」是什麼樣的屬性，「所有物」指的就是「父親」。因為「父親」是「陽性名詞・單數形」，所以只要看「陽性・單數形」那一欄即可，也就是 mon。原來是這樣啊，所以答案就是 mon père。接下來換第 2 題。

2)「你的母親」： ____________（提示：母親＝mère）

先從橫排的中文意思中找到「你的」，在第二排。接著從縱列中找出「陰性・單數形」那一欄的單字。所以答案就是：ta mère。沒問題吧？下一題會比較難喔。

3)「她的哥哥／弟弟」： ____________（提示：哥哥／弟弟＝frère）

在看解答之前，請先說出你的答案。

嗯~，正確答案是：son frère。

和 2） 的情況相同。在這裡先找到中文表示「她的」的那一排，也就是第 3 排。接著看「陽性・單數」的那一列（因為兄弟是陽性），於是我們可以找到 son，如果你也是這樣看的話，應該就沒有任何問題了吧。順帶一提，如果要表達「他的兄弟」的話，又該如何呈現呢？請試著回答看看。

其實這一題的答案也是 son frère。有很奇怪嗎？不會的，這一點也不奇怪。在法文中，表達「他的~」和「她的~」時，唯一要注意的是後面名詞的陰陽性，所以同樣都是陽性時，「他的~」和「她的~」都會是 son。

可是，這裡又有 son 和 sa 之分，這又是什麼呢？

其實 son 或 sa 的區分方式，並不取決於持有者（或所有人）是「他（男性）」還是「她（女性）」。而是取決於「所有物」（這裡指 frère）到底是陽性名詞，還是陰性名詞。接下來是最後一個題目。

4)「他的女兒」：___________（提示：女兒＝fille）

答案是 sa fille　　這應該沒問題了吧？

※ 只有個小地方要注意。那就是，如果 ma, ta, sa 後面出現以母音開頭的單字時，就會變成 mon，ton，son，這只是為了發音上方便連音而已。

~~ma~~ orange → mon orange
[mɔn‿ɔrɑ̃ʒ]

（雖然 orange 是陰性名詞，但因為是母音開頭，所以用 mon 代替 ma）

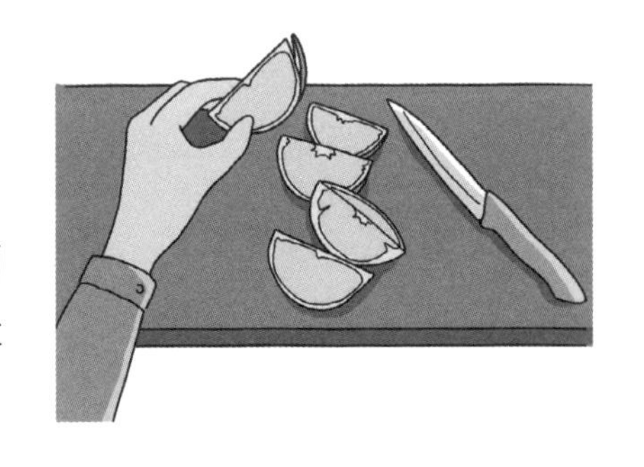

「形容詞三色拼盤」就到這裡告一段落了。請翻到下一頁繼續練習今天所學到的指示形容詞、疑問形容詞，以及所有格形容詞喔。

EXERCICES 10

1. 請在括弧內填入適當的指示形容詞。

❶ Vous aimez ( ) chanson? 您喜歡這首歌嗎？

❷ Vous achetez ( ) croissants? 您要買這些可頌嗎？

❸ ( ) restaurant est très populaire (受歡迎的). 這間餐廳很受歡迎。

❹ Manges-tu ( ) gâteau? 你要吃這個蛋糕嗎？

❺ ( ) chaussures sont confortables. 這些鞋子很好穿。

2. 請在括弧內填入適當的疑問形容詞。

❶ ( ) chansons aimez-vous? 您喜歡什麼歌？

❷ ( ) âge avez-vous? 您（今年）貴庚？

❸ ( ) gâteaux achètes-tu? 您要買哪些蛋糕？

❹ ( ) langue étudies-tu? 您在學哪一國語言呢？

❺ ( ) chansons écoutez-vous? 您在聽什麼曲子呢？

3. 請在括弧內填入適當的所有格形容詞。

❶ C'est ( ) mère? 這是他的媽媽嗎？

❷ Tu téléphones à ( ) frère? 你要打電話給你哥嗎？

❸ Ce soir, j'invite ( ) amis. 今天晚上我要邀請朋友。

❹ ( ) père est employé de bureau. 我父親是個上班族。

❺ ( ) parents habitent à Nice. 他們的爸媽住在尼斯。

答案

1. ① cette ② ces ③ Ce ④ ce ⑤ Ces

2. ① Quelles ② Quel ③ Quels ④ Quelle ⑤ Quelles

3. ① sa ② ton ③ mes ④ Mon ⑤ Leurs

Q17 我家養的那隻小福（♀4 歲） 是一隻吃罐頭的貓。之前在開罐頭給牠吃的時候，發現罐頭上會寫 mon petit，我當初一直以為那是貓飼料的意思。不過現在知道那應該是法文。那麼，翻譯成「我的小寶貝」可以嗎？

A17 可以這樣翻，沒錯。不過在法文中，不管是小狗或是小貓，當法國人要講「來，來，來！」叫牠們過來時，都會說 “Petit, petit, petit！” 。

★ 數字・nombres

mp3_10-2

11	12	13	14	15
onze [ɔ̃z]	douze [duz]	treize [trɛːz]	quatorze [katɔrz]	quinze [kɛ̃ːz]
16	**17**	**18**	**19**	**20**
seize [sɛːz]	dix-sept [dis(s)ɛt]	dix-huit [dizɥit]	dix-neuf [diznœf]	vingt [vɛ̃]

aller 和 venir 表示「去」和「來」以及「近未來式」與「近過去式」

本課我們將來學這兩種動詞的使用方法。

各位已經在第 3 課學過了 être和avoir，在第 8 課學過了「-er 動詞」。相信都已經很熟練了，對吧！（真不敢相信你們都學會了……），而現在開始要來看的 aller 和 venir，可說是重要性僅次於前面那幾種類型的重要動詞。

我們首先從 aller 和 venir 的六變位開始吧。接著在第 3 個文法重點部分，將教大家關於 aller 和 venir（近未來式／近過去式）的表達方式。

aller：原意是「去」，相當於英文的 go

aller 相當於英文的 go。其變位方式是不規則的，記憶的訣竅就是…嗯…，沒有訣竅。

在練習六變位時，請注意連音（liaison），接著就像在唸繞口令一樣不斷地反覆練習。以下會同時舉出肯定形與否定形。

aller [ale]　　不是唸成 [va] 喔！　　mp3_11-1

je	vais	[ʒ(ə) vɛ]	je	**ne** vais	**pas**	[ʒ(ə) n(ə) vɛ pa]
tu	vas	[ty va]	tu	**ne** vas	**pas**	[ty n(ə) va pa]
il	va	[il va]	il	**ne** va	**pas**	[il n(ə) va pa]
nous‿	allons	[nuz alɔ̃]	nous	**n'** allons	**pas**	[nu nalɔ̃ pa]
vous‿	allez	[vuz ale]	vous	**n'** allez	**pas**	[vu nale pa]
ils	vont	[il vɔ̃]	ils	**ne** vont	**pas**	[il n(ə) vɔ̃ pa]

Vous allez à Toulouse avec Tarek？　　您／你們要和 Tarek 去土魯斯嗎？
[vuz‿ale a tuluz avɛk tarɛk]

不過如果仔細看一下 aller，你會發現此動詞原形的字尾也是 -er。

咦？如果是 -er 結尾的話不就是「-er動詞」嗎？各位應該也會這麼想吧。當然，99.9%都是這樣分類的，可是 aller 是那0.1%的例外。

venir：原意是「來」，相當於英文的 come

venir 就相當於英文中的 come。

一般來說，就「-er 動詞」以及 aller 來說，其動詞原形字尾的 r 是不發音的。但是 venir 的情況則不一樣，字尾的 r 是要發 [r] 的音，這點要注意。

以下是 venir 的變位方式（我們在第 13 課還會再提醒各位關於 venir 的變位）。

不是唸成 [vɛnir] 喔！

mp3_11-2

venir **[v(ə)nir]**

je	viens	[ʒ(ə) vjɛ̃]	je	**ne**	viens	**pas**	[ʒ(ə) n(ə) vjɛ̃ pa]
tu	viens	[ty vjɛ̃]	tu	**ne**	viens	**pas**	[ty n(ə) vjɛ̃ pa]
il	vient	[il vjɛ̃]	il	**ne**	vient	**pas**	[il n(ə) vjɛ̃ pa]
nous	venons	[nu v(ə)nɔ̃]	nous	**ne**	venons	**pas**	[nu n(ə) v(ə)nɔ̃ pa]
vous	venez	[vu v(ə)ne]	vous	**ne**	venez	**pas**	[vu n(ə) v(ə)ne pa]
ils	viennent	[il vjɛn]	ils	**ne**	viennent	**pas**	[il n(ə) vjɛn pa]

Vous venez de Kaohsiung？ 您是從高雄來的嗎？／您來自高雄嗎？
[vu vəne d(ə) kausjɔ̃]

☞ de 相當英文的 from（請見 P.44）

※ venir 六變位中的發音有點複雜。因為……

venir 的動詞變位中，拼字裡面都有 -en-，不過唸法卻不是每個都一樣。在主詞是單數的情況下時，viens 和 vient 中的 -en- 都是帶有鼻母音的 [ɛ̃]，這個應該沒問題吧？可是在主詞是複數的情況時，-en- 就不會唸成 [ɛ̃] 了（請見 P.11 上面），venons 和 venez 中的 e 是不發音的，而 ils 動詞 viennent 中第一個 e 是 [ɛ] 的音（請見 P.10 上面）。

aller 和 venir 的特殊用法：「近未來式」和「近過去式」

我們已經知道 aller 和 venir 分別是「去」和「來」的意思了。但是，這兩個動詞其實還有一個用法，而且在日常會話中也相當頻繁地被使用到，所以這部分要好好地學。

(i) 近未來式（很近的未來）（用來表達「正要…」，「打算要…」）：aller＋動詞原形

在法文中，有一種用來表達未來式時態的「單純未來式」（請參閱第 24 課），這相當於英文的「未來式」。例如，要表示「我們打算要在明年四月結婚」這個句子，就可用「單純未來式」。

不過如果要說「接下來要做什麼？」或是「今晚要參加派對」這種比較近的未來時，就不會用「單純未來式」，而是用「近未來式」來表達。其句型是用「aller＋動詞原形」。先來看以下例句。

吃晚餐**（動詞原形）**
aller
Je **vais dîner** avec Marie ce soir.
[ʒə vɛ dine avɛk mari s(ə) swar]

我今晚打算和瑪莉一起吃飯。

所謂的「動詞原形」，在文法書上經常寫成「不定式（l'infinitif）」，簡單來說就把它想作是會出現在字典上的形態即可。那麼，來作個練習題吧。

・請將下列句子改成「近未來式」。

Ils chantent “J'avais rêvé”.
[il ʃɑ̃t ʒavɛ reve]

他們唱「我曾有夢」。

請搜尋 Youtube

好像有點困難耶……。

首先來看「aller＋動詞原形」的 aller。①因為主詞是 ils，所以 aller 變位會變成 ils vont 對吧。然後，②接續的單字是「唱」。這裡要把 chantent 這個變位改回原形變成 chanter。也就是，

Ils **vont chanter** “J'avais rêvé”.

他們正要唱「我曾有夢」。

這樣就好了。不過像是 Ils vont chantent~ 這種錯誤也是很常發生的。要寫出正確答案，千萬別忘記①和②這兩個步驟。

※「aller＋動詞原形」的另一種意思：

「aller＋動詞原形」其實還有另外一個含意，那就是「去做…事」的意思，相當於英文的 go and do something。

接

Je **vais chercher** Marie à la gare.　　我去車站接瑪莉。
[ʒə vɛ ʃɛrʃe mari a la gar]

由於形態都是「aller＋動詞原形」，所以無法只靠單字本身來判斷。而是要依對話的場合與內容，並比較出到底是哪一層含意之後，再來判斷會比較精準。上面的例句，很多人會以為是「我正要過去接瑪莉」的意思。這麼一來，就會同時含有兩種意思了（正要＋去～）。只能選一種，不能貪心。

(ii) 近過去式（很近的過去）（用來表達「剛發生…、正好結束…」：venir de＋動詞原形

現在要來學 venir 的用法。「venir de ＋動詞原形」是用來表示「近過去式」，也就是當要講「才剛做了...」的意思時會用到。有發現到這和「近未來式」的差異了嗎？沒錯，在「近過去式」的用法中，會在動詞原形前面加上 de。接著來看看以下例句吧。

venir de　　吃晚餐（**動詞原形**）

Nous **venons de dîner**.　　我們才剛吃完晚餐。
[nu v(ə)nɔ̃ d(ə) dine]

・現在也來寫寫看以下例題。請把下列句子改成「近過去式。」

Elle téléphone à son ami, Tarek.　　她打電話給她朋友 Tarek。
[ɛl telefɔn a sɔn‿ami tarɛk]

和剛剛一樣，請分成兩個步驟來思考。

① 首先，請配合主詞 elle，將 venir 改成適當的變位，也就是 elle vient。

② 接下來，téléphone（打電話）是「-er 動詞」，所以原形就是 téléphoner。

因此答案就是：

Elle **vient de téléphoner** à son ami, Tarek.　她剛打電話給朋友 Tarek。
[ɛl vjɛ̃ d(ə) telefɔne a sɔn ami tarɛk]

※「venir＋動詞原形」的用法（「來做…事」的意思）：

跟「aller＋動詞原形」中表示「去做…事」的用法一樣，「venir＋動詞原形」是「來做…事」的意思。不過，由於是「venir de ＋動詞原形」的句型，多了一個 de，所以只要從外觀就可以判斷出這兩者的差異了。

Elle vient acheter du pain.　她要來買麵包。
[ɛl vjɛ̃ aʃte dy pɛ̃]

aller＋動詞原形：正要做…（近未來式）	**venir de ＋動詞原形**：剛做了…（近過去式）
aller＋動詞原形：去做…事	**venir　　＋動詞原形**：來做…事

EXERCICES 11

1. 請將下例句子改成「近未來式」，並翻譯成中文。

❶ **Je chante une chanson à la mode.** 我唱流行歌。

❷ **Nous téléphonons à nos amis.** 我們打電話給朋友。

❸ **Tu vas au cinéma?** 你要去看電影嗎？

2. 請將下列句子改成「近過去式」，並翻譯成中文。

❶ **Je dîne avec Marie.** 我和瑪莉去吃晚餐。

❷ **Vous achetez du pain?** 您要買麵包嗎？

❸ **Le film commence.** 電影要開始了。

答案

1. ① Je vais chanter une chanson à la mode.　我打算唱流行歌。
② Nous allons téléphoner à nos amis.　我們打算要打電話給朋友。
③ Tu vas aller au cinéma ?　你打算要去看電影嗎？

2. ① Je viens de dîner avec Marie.　我才剛和瑪莉吃完晚餐。
② Vous venez d'acheter du pain.　你剛買完麵包嗎？
※會有母音省略現象（P.12）因為 acheter 是母音開頭。
③ Le film vient de commencer.　電影才剛剛開始。

12 疑問副詞、疑問代名詞

mp3_12-1

表達「何時」「何地」「是誰」「做什麼」

一般而言，在學第二或第三外語時，首先都會先學「打招呼」的相關用語，接下來會學一系列關於「這是什麼？」的用法。之後就是關於「自我介紹」的主題，因此就會學到「請問貴姓大名？」「請問在哪工作？」「請問住在哪裡？」……等這一類型的問題。（「您的嗜好是什麼」這一句，在聯誼或交朋友的時候也可以用到。）

而實際上，不論是與人約見面，或者是在聯誼的場合，「何時」「何地」「是誰」等都是很重要的用詞。

因此，為了讓各位在巴黎時被邀請參加聯誼時，可以自由應對無礙，這裡整理了各式各樣的疑問句表達方式。說的具體一點，也就是以下這些用詞：

①		②	
・何時	・如何	・誰是／做～	・什麼是／做～
・何地	・多少	・對誰	・對什麼
・為何		・～是誰	・～是什麼

那麼，我們就以上用詞分成第 1 類和第 2 類，一一解說。

疑問副詞

第①類的表達方式（例如「何時」等），在文法的分類上屬於「副詞」。不過各位不用管這個（關於副詞，請見第 81 頁），去習慣這些表達方式比較重要。

i) 何時：quand [kɑ̃]

Quand invitez-vous vos amis?
[kɑ̃ ɛ̃vite vu voz‿ami]
你們什麼時候要邀請你們的朋友呢？

ii) 哪裡：où [u]⬅要注意ù上面的那一撇

Où achetez-vous du fromage？
[u aʃte vu dy frɔma:ʒ]
您在哪裡買起士的呢？

iii) **為何：pourquoi** [purkwa]

Pourquoi aimez-vous la cuisine Taïwanaise？
[purkwa eme vu la kɥizin tajwanɛz]

為什麼您喜歡台式料理呢？

iv) **如何：comment** [kɔmɑ̃]

Comment venez-vous à l' université？
[kɔmɑ̃ v(ə)ne vu a lynivɛrsite]

您怎麼來大學的呢？

v) **多少（錢）： combien** [kɔ̃bjɛ̃]

C'est **combien**？
[sɛ kɔ̃bjɛ̃]

這個多少錢呢？

學會這些用法後，法語的表達範圍就會變得更廣泛了。

※ 另外，就像英文以 why 開頭的句子會用 because 來回答一樣，法文的 pourquoi 會用 parce que（因為）來回答。

很好

Pourquoi chante-t-elle si bien？　　她為什麼這麼會唱歌？
[purkwa ʃɑ̃te tɛl si bjɛ̃]

歌手

－Parce qu'elle est chanteuse！　　因為她是歌手！
[pars kɛl‿ɛ ʃɑ̃tøz]

疑問代名詞

接下來要看第 2 類的疑問詞。這些用詞與其說是各自獨立的，不如說是彼此有點關聯。不過，現在一下子就把這些用詞列出來，可能會讓你馬上眼花。那麼，如果前面的內容還是搞不懂的話，趕緊先搞懂來，現在要來慢慢消化疑問代名詞的用法。

第 2 類的用詞，以中文來表達的話有六種形式。

＜關於人＞	＜關於事物＞
（1）誰是／做～	（1）什麼是／做～
（2）對誰	（2）對什麼
（2'）～是誰	（2'）～是什麼

其中的（2）和（2'），在法語中的表達方式是一樣的。總之先來看表格吧。

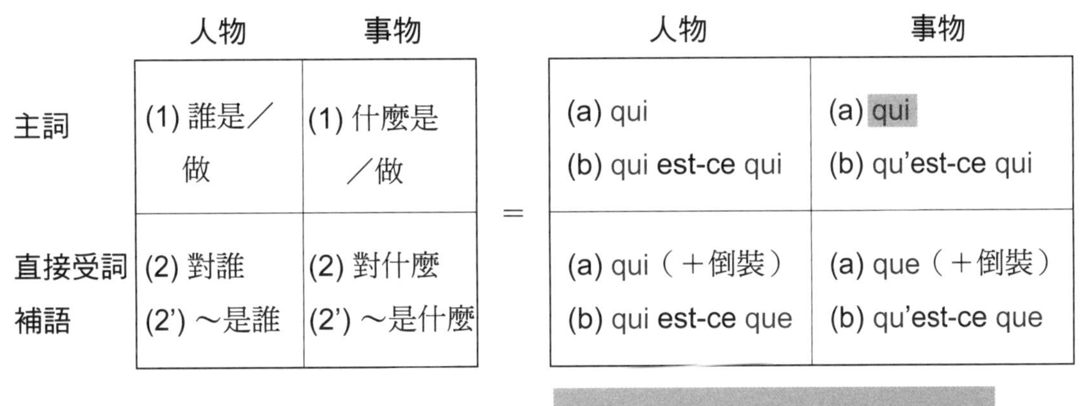

	人物	事物		人物	事物
主詞	(1) 誰是／做	(1) 什麼是／做	＝	(a) qui (b) qui est-ce qui	(a) qui (b) qu'est-ce qui
直接受詞補語	(2) 對誰 (2') ～是誰	(2) 對什麼 (2') ～是什麼		(a) qui（＋倒裝） (b) qui est-ce que	(a) que（＋倒裝） (b) qu'est-ce que

(a) 一個單字組成的疑問代名詞
(b) 數個單字組成的疑問代名詞

首先來說明一下這個表格。

左側表格的中文和右側表格的法文是相互對應的。也就是說，一個中文意思，可用兩種法文用詞來表示。舉例來說，像是（1）的「誰」，可用對應的（a）和（b）這兩種表達方式來表達。

接下來看（2）的「對誰」以及（2'）「~是誰」，因為法文是用相同的表達方式，所以（a）的 qui（＋倒裝）和（b）的 qui est-ce que 是可以同時用來表達（2）和（2'）。

也就是說，法文的表達形式會有 8 種（4x2＝8 種），但表格右上有套上底色的 qui 是不適用的，所以總共是 7 種表達方式。

另外，我們單獨把（b）「數個單字組成的疑問代名詞」整理成另一種表格：

誰 qui	est-ce	qui ～是／做…
什麼 qu'		que 對於～／～是

一開始以為好像很複雜，但其實整理成這個表格之後，看起來應該就很簡單了吧（我想應該是）。順帶一提，在一般日常用語中，(b)類型的疑問代名詞比較常用。

讓各位久等了，接下來就依照表格的順序來看看例句吧。

人

mp3_12-1

(1) 誰（當主詞時） 「是誰在抽菸呢？」

(a) qui [ki] ：**Qui** fume des cigarettes？ [ki fym de sigarɛt]

(b) qui est-ce qui [ki ɛs ki] ：**Qui est-ce qui** fume des cigarettes？ [ki ɛs ki fyme de sigarɛt]

(2)（把）誰（當受詞時） 「您在找誰呢？」

(a) qui （＋倒裝） [ki] ：**Qui** cherchez-vous？ [ki ʃɛrʃe vu]

(b) qui est-ce que [ki ɛs k(ə)] ：**Qui est-ce que** vous cherchez？ [ki ɛs k(ə) vu ʃɛrʃe]

(2') …是誰 「請問您是哪位？」

(a) qui（＋倒裝） [ki] ：**Qui** êtes-vous？ [ki ɛt vu]

(b)（在這裡不使用）

有一個地方比較複雜。請試著比較看看 (1) 和 (2) 的 (a)。有沒有發現兩邊都用相同的 qui。而這兩個 qui 要怎麼分辨呢。重點就在後面的接續。

首先來看 (1)－(a) 中的「qui」。這裡的 qui 是當作主詞，而後面接續的是動詞 fume。

接著再來看 (2)－(a) 中的「qui」，這裡的 qui 是當作受詞使用。在例句中，cherchez-vous 的部分是「動詞－主詞」，由此可推測，**qui 就是 cherchez 的受詞**。已知動詞變位是 cherchez，所以主詞就是 vous。要注意的是，qui 後面要接續 cherchez-vous 這個倒裝句。

順帶一提，(2)－(b)中的 qui est-ce que 後面接續的主詞與動詞則沒有必要倒裝。

那麼，接下來看事物的用法吧。

事物

(1) 什麼（當主詞時）　　「什麼是重要的呢？」

(a)（這裡不使用）

(b) qu'est-ce qui [kɛs ki]　：Qu'est-ce qui est important？ [kɛs ki ɛ ɛ̃pɔrtɑ̃]

(2)（把）什麼（當受詞時）　　「你在吃什麼呢？」

(a) que（＋倒裝）[k(ə)]　：Que manges-tu？ [k(ə) mɑ̃ʒe ty]

(b) qu'est-ce que [kɛs k(ə)]　：Qu'est-ce que tu manges？ [kɛs k(ə) ty mɑ̃ʒe]

(2') …是什麼　　「這是什麼呢？」

(a) que（＋倒裝）[k(ə)]　：Qu'est-ce？ [kɛs]

(b) qu'est-ce que [kɛs k(ə)]　：Qu'est-ce que c'est？ [kɛs k(ə) sɛ]

(2')－(b) 的 Qu'est-ce que c'est，請直接記住喔。

EXERCICES 12

請在括弧內填入適當的疑問詞

❶ (　　) téléphonez-vous à Marie?　您什麼時候要打電話給瑪莉呢？

❷ (　　) allez-vous?　您要去哪裡呢？

❸ (　　) vous mangez comme dessert?　您甜點要吃什麼呢？

❹ (　　) est-ce?　這個人是誰？

❺ (　　) mange ce gâteau?　誰要吃這個蛋糕呢？

答案

① Quand ② Où ③ Qu'est-ce que　不是 Que，因為後面沒倒裝。

④ Qui　表達「是誰」時不用 Qui est-ce qui ⑤ Qui 或 Qui est-ce qui 兩者皆可

法語動詞變位的完整解說

一次搞懂法語動詞的所有基本變位概念

這堂課要探討以下兩個重點。

① 動詞變位的完整解說（其實只要大略掌握到變位的原理就可以了）。

② 這 4 個動詞（finir, choisir, réussir, obéir）的六變位（同 1 種模式的變化）。

上完這堂課之後，雖然沒辦法馬上讓你在法文的聽說讀寫上樣樣精通，但如果把這堂課的概念都搞懂，肯定讓你在之後的法文學習上變得更加輕鬆！請各位細細品味。

到底有哪些動詞變位

所謂的動詞變位，可說是學法文時一定會遇到的難關。所以在這裡會舉出幾個有助於讓各位瞭解關於動詞變位的解說。

首先，第一個要記住的是，動詞原形的語尾只有 4 種。具體而言就像下面這樣，

動詞原形的語尾

- ——er
- ——ir
- ——re
- ——oir

例如

- chanter
- finir
- être
- avoir

了解了嗎？除了這 4 種模式以外，沒有其它原形語尾了。

那麼接下來，關於動詞的變位模式，其實可以分成 3 大類，分法非常單純。

① • –er —「–er 動詞」的變位

② • –ir
• –re
• –oir
—共通變位模式的語尾

③ • 不規則動詞 — 例如：être, avoir, aller, faire⋯⋯等等

第 ① 組的「-er 動詞」已經在第 8 課的時候學過了，對吧。

而第 ③ 組是不規則變化的動詞，也是經常使用到的單字，沒辦法，請背起來。

那麼剩下來就只有第 ② 組了。這一組的六變位語尾都是同一種模式，就像以下這樣。

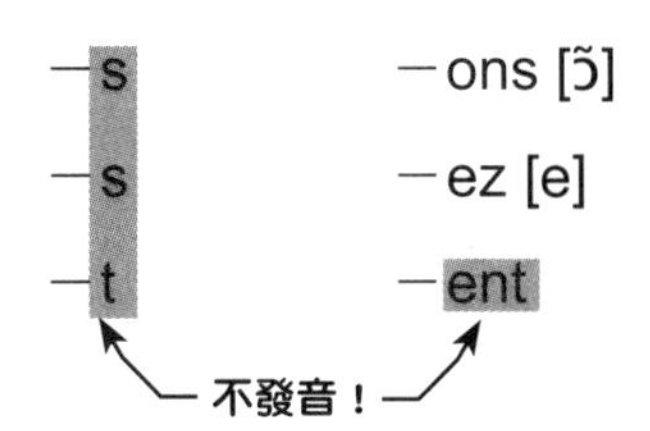

第 ② 組變位的語尾真的這麼單純嗎？沒錯，就是這麼簡單。其他要記住的重點就只是「語幹」了。

現在，你的心中可能出現了問號吧，這是無可厚非的。就我們前面所學過的「-er 動詞」中，只要把原形動詞字尾的「-er」拿掉，自然就變成「語幹」了（請見 P.50），根本就不需要去記語幹是什麼。

可是第 ② 組的那些動詞呢，雖然動詞原形的語尾與變位的語尾都很單純，但「語幹」卻是有點麻煩。

舉例來說，第 11 課所教的 venir 就是這種變位。

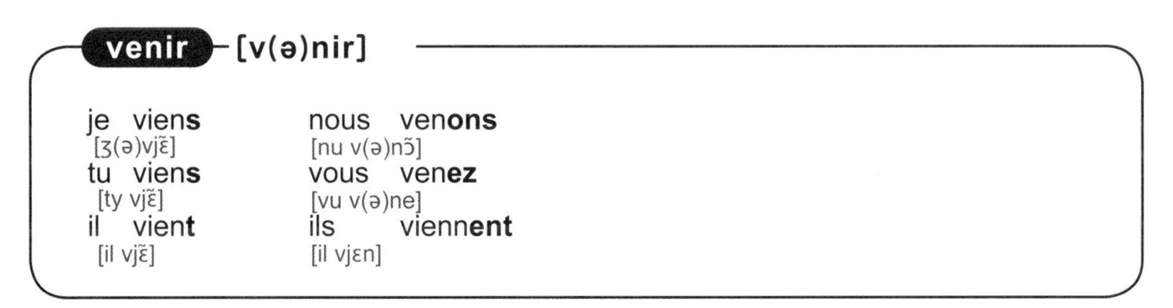

venir [v(ə)nir]

je vien**s** [ʒ(ə)vjɛ̃]	nous ven**ons** [nu v(ə)nɔ̃]
tu vien**s** [ty vjɛ̃]	vous ven**ez** [vu v(ə)ne]
il vien**t** [il vjɛ̃]	ils vienn**ent** [il vjɛn]

如上表所示，變位語尾就像這樣有固定的變化模式。但語幹又是如何呢？雖然人稱在單數時，語幹是 vien-，但在複數時就會變成 ven-, vienn-。也就是說，venir 的語幹有 3 種形式。

我彷彿看到各位的滿面愁容……，不過，還是笑臉最適合你們喔。♥

各位應該都知道我要各位記住什麼了吧。沒錯，第 ② 組（也就是「-er 動詞」與不規則動詞以外的動詞）的六變位，只要特別注意「語幹」就可以了。雖然從上表已知 venir 的語幹有 3 種，但第 ② 組中有其他一些動詞，卻是只有 1 種或是 2 種語幹（笑一下、笑一下，別愁眉苦臉的）。當要記六變位的時候，請特別注意到這部分。這麼一來，各位的學習才會變得簡單輕鬆。加油！

文法重點 第 2 類規則動詞（finir, choisir, réussir, obéir）的變位

我們先試著用上一個文法重點的規則吧。

在大多數的文法書中，有一種動詞被稱為「第 2 類規則動詞」，我們現在就來看它的變位方式。具體來說，「第 2 類規則動詞」有 finir（結束），choisir（選擇），réussir（成功），obéir（服從）這 4 個動詞（原形字尾都是 -ir）。

這些動詞的語尾變位是相同的，而且語幹的變化也是一樣的，所以經常被歸類為同一種群組來作說明。也就是說，只要記住其中一個的話，就可以相同的模式寫出這一組其它動詞的變位了。不過其實除了這裡提到的這 4 個動詞以外，還有其它幾個動詞也是用相同模式來變位的。但因為不是常用的動詞，所以先暫時跳過。

接著繼續看下去吧。finir 就相當於英文的 finish。

mp3_13-1

finir [finir] ☜ 相當於英文的 finish（結束）

je	－**s**	不發音	➡	je	fini**s**	[ʒ(ə) fini]
tu	－**s**	不發音		tu	fini**s**	[ty fini]
il	－**t**	不發音		il	fini**t**	[il fini]
nous	－**ons**	[ɔ̃]		nous	finiss**ons**	[nu finisɔ̃]
vous	－**ez**	[e]		vous	finiss**ez**	[vu finise]
ils	－**ent**	不發音		ils	finiss**ent**	[il finis]

就像這樣，變位的語尾變化就如同規則一般，而語幹則有 2 種。也就是說，主詞是單數時的 fini-，以及主詞是複數時的 finiss- 這 2 種。而這 2 種語幹和動詞原形的關係則如下所示，

fini***r*** ← 去掉 r

語幹原形：⑴ fini（從原形的語尾中取下 1 個字母。）

⑵ finiss（從單數語幹後接上 ss。）

第⑵項語幹的 ss 不知是從哪裡跑來的，還挺有趣的對吧。

再舉一個例子來看看吧？就用 choisir。如果原形是 choisir 的話，變位時的那 2 種語幹會變成什麼樣子呢？請先思考看看，再來看下面的解答喔。

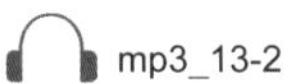

choisir [ʃwazir] ☜ 相當於英文的 choose

je	chois**is**	[ʒ(ə) ʃwazi]
tu	chos**is**	[ty ʃwazi]
il	chois**it**	[il ʃwazi]
nous	choisiss**ons**	[nu ʃwazisɔ̃]
vous	choisiss**ez**	[vu ʃwazise]
ils	choisiss**ent**	[il ʃwazis]

接下來，réussir（成功）和 obéir（服從）的變位也是完全相同的模式。我想各位應該會想要自己練習一下這兩個動詞，那我就把這兩個動詞放到 EXERCICES 了。

※ 為了避免誤解，有一個地方必須注意到：

針對某些原形語尾為「-tir, -mir, -rir」的動詞，例如，

這些動詞的變位模式和 finir 有稍微不同，雖然字尾都是 ir。partir 是其中一個例子。

mp3_13-3

partir [partir] ☜ 出發

je	par**s**	[ʒ(ə) par]	nous	part**ons**	[nu partɔ̃]
tu	par**s**	[ty par]	vous	part**ez**	[vu parte]
il	par**t**	[il par]	ils	part**ent**	[il part]

變位語尾的變化和上一個文法重點提到的模式是一樣的。另外，從 partir 的變位來看，語幹也有兩種，這一點也是相同的。但是，語幹的作法則是：

① 人稱是單數時的語幹 去掉原形字尾中的 3 個字母。

② 人稱是單數時的語幹 去掉原形字尾中的 2 個字母，而且都沒加上 ss。

順帶一提，sortir（出門），dormir（睡覺）也都使用如同 partir 的變位模式。

變位模式和 finir 一樣的有：

發胖	變紅	仔細思考	變瘦
grossir	**rougir**	**réfléchir**	**maigrir**
[grosir]	[ruʒir]	[refleʃir]	[mɛgrir]

EXERCICES 13

請練習下列動詞的六變位，並試著唸唸看。

réussir（成功）

je ____________
tu ____________
il ____________
elle ____________
nous ____________
vous ____________
ils ____________
elles ____________

obéir（遵從）

j' ____________
tu ____________
il ____________
elle ____________
nous ____________
vous ____________
ils ____________
elles ____________

答案

je réussis [ʒ(ə) reysi]
tu réussis [ty reysi]
il réussit [il reysi]
elle réussit [ɛl reysi]
nous réussissons [nu reysisɔ̃]
vous réussissez [vu reysise]
ils réussissent [il reysis]

j'obéis [ʒɔbei]
tu obéis [ty ɔbei]
il obéit [il ɔbei]
elle obéit [ɛlɔbei]
nous obéissons [nuz ɔbeisɔ̃]
vous obéissez [vuz ɔbeise]
ils obéissent [ilz ɔbeis]

因為 obéir 是母音開頭，所以產生了很多連音（Liaison）和滑音（enchaînement）（P.12）

比較級和最高級

表達「瑪莉比維納斯還漂亮」／「他是班上最高的」

「瑪莉很美」這句話用的是一般形容詞的句子。

而如果是「瑪莉比維納斯還要美」，使用的就是形容詞的比較級。

沒錯，相信各位大概都很清楚比較級或最高級是什麼。現在只是要來把它放在法語裡頭而已。

在使用形容詞以及副詞的比較級和最高級時，會分成 2 種類型。但是在比較級的部分，因為形容詞和副詞幾乎沒有差別，所以 2 個類型可以一起看。而在最高級的部分，因為形容詞和副詞有蠻大的差別，所以我們會分開個別來看。好了嗎，Let's go！

※ 副詞是什麼？

☞ 接續形容詞或動詞，且是不太會變化的單字。

副詞的代表性例子是「非常」，法文也就是 très（相當於英文的 very）。不過「非常」要怎麼使用呢？舉例來說，「非常美麗」「非常有名」「非常好吃」。

接續「非常」的單字（即下面畫有底線者）全都是「形容詞」。沒錯，副詞的其中一個功能，就是修飾形容詞。

那麼，副詞的其他功能呢？OK，我們來看看下面的例子。就以「慢慢地」為例，法文也就是 lentement（相當於英文的 slowly）。我們可以說「慢慢地唱」「慢慢地開車」「慢慢地跑」等等。畫有底線的單字全都是動詞。沒錯，修飾動詞也是副詞的功能之一。

接下來，還有一個重點。雖然形容詞會有 4 種形態的變化（隨著陰陽性、單複數影響），動詞有變位上的變化，但副詞在任何情況下都不會變化，一直都是同樣的形態。

比較級（形容詞 & 副詞）

各位都學過英文吧，請試著回想一下英文的比較級。英文規則性的比較級，會依據單字音節的不同而分成以下兩種用法。

① tall ⟶ taller（比較級） ⟶ the tallest（最高級）

② beautiful ⟶ more beautiful（比較級） ⟶ the most beautiful（最高級）

沒錯，就是使用 -er ／ -est 以及 more ／ most 的模式來表達的。

至於法文的比較級，其變化模式就只有 1 種而已（最高級也是一樣），相當於②（英文比較級的 more ／ most）模式，而沒有①模式的變化。這樣想就可以了。接著就以這樣的概念來看比較級的例子吧。

◇ 比較級的 3 種形態

mp3_14-1

首先從形容詞開始，就用年齡的比較來舉例。

☆Marie：30 歲

Alain：25 歲
Nina：30 歲
Yvette：50 歲

用法語來表達看看吧。âgée 也就是英文的 old。

(a)	**plus** [ply]		Alain.		年紀	比 Alain 大。
(b) Marie est	**aussi** [osi]	âgée **que** [aʒe] [kə]	Nina.	Marie 的	年紀	和 Nina 一樣。
(c)	**moins** [mwɛ̃]		Yvette.		年紀	比 Yvette 小。

除了 plus ／ aussi ／ moins 的部份之外，其他全都相同。也就是說，只要在 plus, aussi, moins 上做替換，意思就會改變。可以把 plus 想成是 more 就可以了。

而在句子後面的 que 又是什麼呢？que 就相當於英文的 than，在 que 後面接續的就是要比較的對象。

比較級會讓各位感到有點難懂的地方，可能是 moins（相當於英文的 less）的部分。moins 表示「比較少～」「比較不～」的意思。例如， moins 後面接 grand（高的），就會變成「比較少高的」→「比較不高的」→也就是「身高較矮的」的意思。

而如果接續 délicieux（好吃的）的話，就會變成「比較不好吃」→即「比較難吃」的意思。這和中文的思考方式稍微有點不一樣。

對了，有個要注意的地方，雖然只要理解一下就可以了，但一不注意就很容易忘記。請看一下例句中的 âgée。âgée 當然是從形容詞 âgé 而來，後面多加上的 e 主要是針對陰性主詞 Marie，因為 Marie 是陰性單數的主詞，所以形容詞也會變成陰性單數形。不管是比較級或是最高級，形容詞的一致性（陰陽性、單複數）都是沒有例外的。（請參閱第 6 課）

那麼接下來就來看使用副詞的例子。

(a)	**plus** [ply]		
(b) Philippe court	**aussi** [osi]	快速 vite [vit]	**que** son frère [kə sɔ̃ frɛr]
(c)	**moins** [mwɛ̃]		

(a)	更快	
(b) 菲利浦跑得	一樣快	比他哥哥
(c)	更慢	

各位覺得如何呢？雖然 vite 是副詞，但和使用形容詞的情況幾乎沒有太大差別。此外，因為副詞不會有有什麼變化，所以比起形容詞還要更容易使用。

那麼我們就繼續往下看吧。

最高級（形容詞＆副詞）

就如同剛剛所說的，在這裡我們把形容詞和副詞分開來看。首先從形容詞開始。

◆ 形容詞的最高級

在比較級時，plus（相當於英文 more）這單字已出現過了。而只要在 plus 前面加上定冠詞，就可以表示出最高級的意思。定冠詞有 le, la, les 這 3 種（請參閱第 2 課）。那麼到底該用哪一個定冠詞呢？這就要取決於主詞、形容詞的陰陽性／單複數形態。也就是說，

	陽性單數形→	**le**	
・當 plus 後面接的形容詞是	陰性單數形→	**la**	＋**plus**＋形容詞
	陰陽複數形→	**les**	

來看看實際的例子吧。

(a) Jean est ***le*** **plus** charmant
[ɛ lə ply ʃarmɑ̃]

(b) Sophie est ***la*** **plus** charmante
[ɛ la ply ʃarmɑ̃t]

(c) Jean et Sophie sont ***les*** **plus** charmants
[e] [sɔ̃ le ply ʃarmɑ̃]

de la classe.
[də la klas]

(a) 約翰是
(b) 蘇菲是
(c) 約翰及蘇菲是

班上最迷人的人。

就像這樣。根據主詞和形容詞的形態與屬性，plus 前面的定冠詞也會有所變化。

另外，用於最高級之下且可表示「在～之中」時，會使用介系詞 de。de la classe 就是「在班上」的意思。

※ 上述最高級的例句中，也可以將 plus 換成 moins，來表示「最不～」的意思，也就是負面方向的最高級。

Michel est le moins grand de la classe.
[ɛ l(ə) mwɛ̃ grɑ̃ də la klas]

Michel 是班上最矮的。

◆ 副詞的最高級

最後要來介紹副詞的最高級。副詞最高級的情況也是在 plus 的前面加上定冠詞，只是這裡的定冠詞不論何時都是用 le。理由是因為副詞是不會產生什麼變化的，對吧？所以定冠詞只用 1 種就行了，也就是 le。

Emma nage le plus vite du monde.（nage：游泳；du：de+le；monde：世界）
[naʒ lə ply vit dy mɔ̃d]
Emma 游泳速度是世界第一快。

就算主詞是陰性，副詞 vite 也不會有變化，而前面的定冠詞也是用 le 就可以了。

※和形容詞的情況一樣，可以將 plus 換成 moins，表示「最不～」的意思。

Elle mange le moins vite de la famille.
[ɛl mɑ̃ʒ lə mwɛ̃ vit də la famij]
她是家中吃飯最慢的一個。

特殊的比較級與最高級（bon 和 bien）

剛剛提過比較級只要在前面加上 plus。不過就像英文一樣，經常使用的單字裡總會有幾個特殊變化的單字。在法語中也就是 bon 和 bien，這兩個單字就相當於英文的 good 和 well，請見下面整理的表格。

《形容詞》			《副詞》		
好的	比較好	最好的	很好	比較好	最（好）
good	better	the best	well	better	best
bon [bɔ̃]	meilleur [mɛjœr]	le meilleur [l(ə)mɛjœr]	bien [bjɛ̃]	mieux [mjø]	le mieux [lə mjø] ⬆ **因為是副詞，所以用 le 即可**
	meilleur**e**	la meilleur**e**			
	meilleur**s**	les meilleur**s**			
	meilleur**es**	les meilleur**es**			

※meilleur(e) 全都唸成 [mɛjœr]

請見以下例句：

Tarek chante mieux que Claude.
[ʃɑ̃t mjø kə]
Tarek 唱得比 Claude 好。

Zidane est le meilleur footballeur français.
[ɛ lə mɛjœr futbolœr frɑ̃sɛ]
席丹是法國最棒的足球選手。

EXERCICES 14

請在括弧內填入適當的單字使句子完成。

❶《Amélie》est (　　) intéressant (　　)《Wasabi》.
「艾蜜莉的異想世界」比「急速追殺令」好看。

❷《La Joconde》est la femme (　　) (　　) connue du monde.
「蒙娜麗莎」是世界上最有名的女性。（connu：有名的）

❸ Ce vin-ci est (　　) (　　) ce vin-là.
這瓶葡萄酒比那瓶好。

❹ Ce restaurant est (　　) (　　) cher de Paris.
這間餐廳是在巴黎最貴的。

❺ La tour Eiffel est (　　) haute (　　) la tour de Tokyo.
巴黎鐵塔比東京鐵塔矮。

❻ Madonna chante (　　) (　　).　瑪丹娜歌唱得最好。

---

① plus / que ② la plus ③ meilleur que ④ le plus ⑤ moins /que ⑥ le mieux.

◆2002 年，「艾蜜莉的異想世界」這部法國片在全世界大賣。主角艾蜜莉給人的印象與其說是可愛，不如說是「壞心眼」的形象比較深植人心。而「急速追殺令」也差不多是在同一時間上映，因為有廣末涼子&尚雷諾而充滿了話題性。

非人稱表達

（最適合用來聊天、打招呼的句型）

各種天氣的表達方式。最適合用來打招呼！

非人稱？又是一個好像很困難的標題。前面好不容易才把「人稱」相關的部分（P.23）給學完了，而且還有點似懂非懂的樣子！（這可不是開玩笑的喔）

既然是「非人稱」，那就不是以「人」為主詞的表達。不過這樣子的說明根本搞不懂。這部分的定義就交給語言學家去處理吧，我們在這裡用比較概略的方式去思考。所謂的非人稱表達，指的就是「將無意義的 il 當作虛主詞」，這個主詞就是非人稱主詞。

就像英文一樣，要說明天氣或時間的時候，都會用「無意義」的 It 來當主詞，對吧，像是 It is fine today.，這當然就是英文的非人稱表達。（請見 Q18）

那麼我們首先從天氣與時間開始，接著再從其它非人稱的表達看下去。

天氣、時間的表達

「今天天氣真好」或是「變冷了」等等這些和天氣有關的詞彙，幾乎可說是每天都會用到的。此時，對話的意義並不在於為了獲得氣象的最新情報，而是對話本身，對吧。英文要表達天氣時會使用 be 動詞，但法文並不是用 être，而是用動詞 faire。

mp3_15-1

Il fait beau. 天氣很好。
[il fɛ bo]

Il fait mauvais. 天氣不好。
[il fɛ mɔvɛ]

Il fait chaud. 天氣很熱。
[il fɛ ʃo]

faire [fɛr]	
je [ʒ(ə) fɛ]	**fais**
tu [ty fɛ]	**fais**
il [il fɛ]	**fait**
nous [nu fəzɔ̃]	**faisons**
vous [vu fɛt]	**faites**
ils [il fɔ̃]	**font**

※ faire 是不規則動詞之一。（請見 P.77）

Il fait froid　天氣很冷。
[il fɛ frwa]

> **faire 的意義有：**
> ① 做（＝do）
> ② 造（＝make）
> ③（天氣～）（主詞只用 il）

Il pleut.　在下雨。原形是 pleuvoir（相當於英文的 rain）
[il plø]　[pløvwar]

Il neige.　在下雪。原形是 neiger（相當於英文的 snow）
[il nɛʒ]　[nɛʒe]

在上述例句中使用了 3 個動詞，我可以將之分成 2 類。也就是，

(1) 可同時用於人稱、非人稱表達的一般動詞
(2) 只使用於非人稱表達的「非人稱動詞」

faire 屬於第(1)組，而 pleuvoir 和 neiger 則屬於第(2)組。(2)的「非人稱動詞」在變位上就只要用 il 的動詞變位。

接下來就是時間的表達了，這也是相當常用的。A：現在幾點？B：大約～點～分。這幾乎每天都會被問到的。請看例句吧，動詞是用 être。

Quelle heure est-il?（Vous avez l'heure?）　現在幾點呢？
[kɛl œr ɛt‿il]　[vuz ave lœr]

(1) Il est une heure. [il ɛt‿ yn œr]		1 點	整。
(2) Il est trois heures. [il ɛ trwaz‿œr]		3 點	整。
(3) Il est huit heures [il ɛ ɥit‿œr]	dix. [dis]	8 點	10 分。
(4)	et quart. [e kar]		15 分。
(5)	et demie. [e dəmi]		30 分。
(6) Il est neuf heures [il ɛ nœf‿œr]	moins le quart. [mwɛ̃ lə kar]	8 點	45 分。（離 9 點還有 15 分鐘）
(7)	moins cinq. [mwɛ̃ sɛ̃k]		55 分。（離 9 點還有 5 分鐘）

Il est midi. 正午。
[il‿ɛ midi]

Il est minuit. 凌晨 0 點。
[il‿ɛ minɥi]

heure 這個單字雖然也有英文的 hour（小時）的意思，但在這裡是用來表示「時刻」「時間點」的意思。下面有幾個要注意的地方喔。

(1) 只有在「1 點」的時候，heure 才會是單數。除此之外全都是複數 heures。還有，因為 heure 是陰性名詞，所以不會有 ~~un~~ heure 的說法。

(4) quart 是「4 分之 1」的意思，也就是「15 分」。

(5) demie 是「2 分之 1」的意思，也就「～點半」、「30 分」的意思。

(6) moins 這個單字在比較級的時候已經出現過了，是「較少」的意思，也就是「～前」的意思。還有一個地方，請看看(4)來比較看看。這裡的 quart 有加上定冠詞。

(7) 當然不管是 10 分鐘之前或是 20 分鐘之前都可以使用這種說法。

※ heure 的 h「不發音」（請見第 48 頁）。可能會和前面接續的單字產生連音或滑音。

mp3_15-2

une‿heure [yn œr]	1點		sept‿heures [sɛt œr]	7點
deux‿heures [døz œr]	2點		huit‿heures [ɥit œr]	8點
trois‿heures [trwaz œr]	3點		neuf‿heures [nœf œr]	9點
quatre‿heures [katr œr]	4點		dix‿heures [diz œr]	10點
cinq‿heures [sɛ̃k œr]	5點		onze‿heures [ɔ̃z œr]	11點
six‿heures [siz œr]	6點		douze‿heures [duz œr]	12點

當作在練順口溜般反覆地練習喔！

各種非人稱的表達

除了天候或時刻以外，還有幾種非人稱的表達。在這裡我們就來看看這些例句吧。當然它們也都是用虛主詞 il。

勇氣

(1) Il faut du courage！　要有勇氣！

[il fo dy kuraʒ]

（du 是部分冠詞。請見第 2 課。）

(2) Il faut partager ce gâteau en trois. 這個蛋糕一定要分成 3 份。

[il fo partaʒe s(ə) gɑto ɑ̃ trwa]

這 2 個句子都使用了 il faut，但使用的方法卻有些不一樣。il 的使用方法有 2 種。

◆ **il faut ＋（冠詞）＋名詞** →(1) 的例句（du 是冠詞。courage 是名詞。）

◆ **il faut ＋動詞的原形** →(2) 的例句（partager 是「-er 動詞」。）

不管是用哪一個句型，其意思都是「~是有必要的」「務必要~」。另外，faut 的原形是 falloir，也是「非人稱動詞」之一，也就是只能用 il 來當作主詞的動詞。而 il faut 後面可以接(1)名詞，(2)動詞的原形（不需要變位），很簡單吧，而且還是個很常用的表達方式。好，只剩下兩個句子了。

午睡

(3) Il est agréable de faire la sieste.

[il ɛ agreabl d(ə) fɛr la sjɛst]

睡午覺真舒服。

明顯的　說　謊言

(4) Il est évident qu'il dit des mensonges.

[il ɛ evidɑ̃ kil di de mɑ̃sɔ̃ʒ]

他很明顯是在說謊。

這兩句的結構是：

(3) 是 **il est** ＋形容詞＋ **de**＋動詞的原形　→（動詞的原形）是（形容詞）

(4) 是 **il est**＋形容詞＋ **que**＋主詞＋動詞　→（主詞＋動詞）是（形容詞）

就像這樣，(3)就相當於英文的 it is... to do 句型，而(4)則相當於英文的 it is... that 的句型。這類情況之下的 it 就稱為虛主詞。

怎麼樣呢？雖然「非人稱」這個文法名稱聽起來好像很難的樣子，但有了例句之後就變得很簡單了吧？不會再被這個名稱嚇到了！

Q18 我已經知道「非人稱表達」是指「以無意義 il 來當作虛主詞來使用的表達」。可是，沒有意義卻空有形式的話，那不就跟中秋月餅禮盒裡面出現了沒包蛋黃的蛋黃酥一樣嗎？像這種沒有意義的詞彙不能刪掉嗎？

A18 在法文的世界裡即使沒有意義，但在形式上還是需要主詞的。就像在第 3 課說明「主詞人稱代名詞」時，也不厭其煩地講了好幾次，對吧。「主詞和動詞」都是必要的，了解了嗎？中秋節想好要送什麼月餅了嗎？（咦？我們是在講什麼啊？）

EXERCICES 15

請在括弧內填入適當的單字並完成句子。

❶ Est-ce qu'(　　)(　　) dehors?（dehors：外面）　外面在下雨嗎？

❷ (　　)(　　)(　　) aujourd'hui.（aujourd'hui：今天）　今天好冷喔。

❸ (　　) est quatre (　　)(　　)(　　).　現在 4 點半。

❹ (　　)(　　) changer de train à Paris.（changer：換；train：火車）　需要在巴黎換車。

---

① il pleut　② Il fait froid　③ Il / heures et demie　④ Il faut

16 命令式(L'impératif)

表達「愛我久一點！」的祈使句

歡迎來到第 16 課！這堂課算是給大家的一個禮物。因為這是這整本書裡最簡單的一課。這堂課要上的是命令式。

回想起來，其實從我們小時候經常被大人說「把玩具整理好」「小孩子去睡覺」「去寫作業」等等。長大以後，也會用到或聽到「送我過去」「帶我去吃大餐」「陪我逛街」，然後還有「只能愛我一個」等這些命令。由此可知，在日常的對話中，命令式是如此地常被使用。

好，我們開始上課。（這也是命令式的一種。）

命令式有 3 種形態，都是從現在式產生（但有少數例外，這個到後面再來討論）。

	chanter	finir	aller	venir
對象是 tu（你）	chante* 去唱歌	finis 結束吧	va* 去吧	viens 來吧
對象是 nous（我們）	chantons 去唱歌	finissons 結束吧	allons 去吧	venons 來吧
對象是 vous（您／你們）	chantez 去唱歌	finissez 結束吧	allez 去吧	venez 來吧

除了加上 * 的 chante 和 va 之外，其他全都是之前學動詞六變位時所看過的同種形態（只要把主詞去掉就是命令式了）。隨便舉幾個例子看看：

nous chantons → chantons [ʃɑ̃tɔ̃]

nous allons → allons [alɔ̃]

nous finissez → finissez [finise]

tu viens → viens [vjɛ̃]

※至於有 * 的 chante 和 va 則是：

Tu chantes → chante [ʃɑ̃t]

tu vas → va [va]

就像這樣，其實也沒什麼大不了的。只是後面的 s 不見了而已。把它整理成規則的話就是：

☞ **只有在對像是 tu，且只限於「-er 動詞」與 aller 這兩種動詞的命令式時，現在式的最後才會不加 s。**

而對於 nous 的命令式，相當於英文的 let's...（我們來～吧），例如 Commençons.（我們開始吧），相當於英文的 Let's begin.。

接著來看幾個例句。以下還會介紹否定命令式。別擔心，只要在 ne... pas 之間放動詞進去就可以了。

Mange bien！ 好好地吃！
[mɑ̃ʒ bjɛ̃]

si＝那樣地
Ne va **pas** si loin. 不要去那麼遠的地方。（否定命令式）
[n(ə) va pa si lwɛ̃]

Entrons dans ce café. 進這家咖啡廳吧。（原形是 entrer・進入）
[ɑ̃trɔ̃ dɑ̃ s(ə) kafe]

Finissez votre travail. 快把你們的工作完成。
[finise vɔtr travaj]

那麼接下來要來看特殊命令式，但其實只有 2 個動詞而已，即 être 和 avoir。

	être		avoir	
對象是 tu（你）	sois	[swa]	aie	[ɛ]
對象是 nous（我們）	soyons	[swajɔ̃]	ayons	[ɛjɔ̃]
對象是 vous（您／你們）	soyez	[swaje]	ayez	[ɛje]

這是不規則的變化，請把它背起來吧。不過現在要請各位先翻到 194 頁，看看 être 和 avoir 在法文條件式的變位。

有看出什麼端倪嗎？être 和 avoir 的命令式，是從條件式的動詞變位來的（只有一處在字母上有差異。答案請見這個單元的最後）。所以本書唸到第 31 課時，它們也不會這麼特殊了。請看一下例句。

Garçons, soyez ambitieux！ 年輕人，要有志氣！
[garsɔ̃ swaje ɑ̃bisjø]

Ayons du courage！ 要有勇氣！
[ɛjɔ̃ dy kuraʒ]
（du 是部分冠詞。請見第 2 課。）

OK 嗎？那麼……結束啦。真快！

※ avoir 的條件式是 tu aies，但命令句式是 aie。

EXERCICES 16

請將以下句子翻譯成中文。

❶ Ne parle pas si vite, Philippe?

❷ Chantons ensemble?
[ɑ̃sɑ̃bl] 一起

❸ Choisissez un gâteau, s'il vous plaît.

❹ Téléphone à tes parents?

❺ Commemcez votre travail.

❻ Allons au karaoké?

答案
①菲利浦，講話不要講那麼快！ ②一起唱歌吧。（來唱歌吧） x 不是「過來唱歌」！要注意！
③請選擇一塊蛋糕。 ④打電話給你爸媽！ ⑤開始工作！ ⑥去唱卡拉 OK 吧！

Q19 **還記得 1998 年那場世足賽，主辦國是法國，而最後的冠軍還是由法國奪得的唷。想到這個，我還記得當年很流行的那首世足賽主題曲，天天都會聽到「Go Go Go，阿類阿類阿類～」這樣唱。不過這個「阿類」是法文嗎？**

A19 記得沒錯的話，這首歌是由拉丁天王瑞奇馬汀所唱的，歌名是 La Copa de la Vida。雖然整首歌是以西班牙文與少數英文所唱，不過「阿類」的部分，聽起來像是法文「aller」的祈使句「allez」，也就是「加油」的意思。

接下來雖然沒有人問，就讓我來介紹一下吧……
說到法文歌的話，我就來說說饒舌了。(真的嗎？)而其中被稱為「法國阿姆」最讓人畏懼的歌手就是 Sinik 了。超兇的！
還有說到加拿大的魁北克，就會想到 Imposs。海地出身的他，連克里奧爾語這種混合語的歌都會唱。如果比起饒舌，你比較喜歡「暖心系」的話，魁北克的超級巨星 Corneille 怎麼樣？很有療癒系喔……。總而言之，如果你對上面這 3 個有興趣的話……Go YouTube !

直接受詞代名詞（Objet Direct）

mp3_17-1

法國人原來都說「我你愛」：Je t'aime

記得上到第 5 課，在講「否定意義的 de」時就有提過「直接受詞」這個詞吧。當時各位看到這個詞的瞬間，是不是有整個人頭昏腦脹的感覺呢？不過當時我們應該已經有約好說「到第 17 課時，我們會學到」，對吧（有嗎？）。那麼現在一起來看看吧。

人稱代名詞&直接受詞

「人稱代名詞」這個詞彙，總覺得好像在哪聽過。沒錯，請翻開第 23 頁，好好地再熟讀一遍，要一直讀到 24 頁的表格為止喔。我會一直在這等你，哪裡也都不會去的。♥

歡迎回來！趕緊來看一下什麼是直接受詞吧！

「直接受詞」這個詞彙，各位已經聽過好幾次了吧。不過我想應該還不是很清楚這到底是什麼吧？這個詞彙的確是有點難，不是很容易理解。可是呢，就算不是很懂，我們還是可以用例子來解說。這裡我就快速地說明吧，只要一行就解決了。就像這樣：

直接受詞＝接收「動作」的對象　這麼簡單啊。來看點中文的例子吧。

	愛	瑪莉。
	吃	這個蛋糕。
我	寫	信。
	看	電視。
	聽	廣播。

就像這樣，直接受詞就只是動作的接收者而已。換言之，上表中的「瑪莉」、「這個蛋糕」、「信」、「電視」、「廣播」全都是直接受詞。

原來如此……比想像中還要來得簡單！♥

這麼一來，就完成第 1 步了。接著請直接繼續往下看。

法文的直接受詞代名詞：原來是「我你愛」的語順

我記得大概是在唸國一的時候，曾經作過這樣的問題。

◇ 請把底線部分改成代名詞，並寫出全文題目：**I love <u>Mary.</u>**。

（我愛<u>瑪莉</u>。）

答案當然就是 I love <u>her</u>.（我愛<u>她</u>）。

各位都了解這個題目的含意嗎？首先，「瑪莉」是直接接受動作（love）的對象，所以也就是直接受詞，對吧？然後再把 Mary 改成代名詞，題目的目的就只是這樣而已。換言之，題目所要求的就是，將直接受詞這個位置的名詞改成代名詞。

相信各位都已經知道為什麼我會提到這個話題了吧，因為接下來我們將用法文來解說上面所提到的替換練習。

以下是「直接受詞的代名詞」一覽表（就相當於英文的 me, her 或 us 等詞彙）。

請參考 ➡ 人稱代名詞・主詞　人稱代名詞・直接受詞　mp3_17-1

	單數	複數	單數	複數		
第 1 人稱	je	nous	me	nous	（將）我	（將）我們
第 2 人稱	tu	vous	te	vous	（將）你	（將）你們 （將）您
第 3 人稱	il	ils	le	les	（將）他 （將）這／那／它	（將）他們 （將）這些／那些／它們
	elle	elles	la	les	（將）她	（將）她們

⬆放在主詞位置。

※me, te, le, la 產生母音省略的連音時會變成 m', t', l', l'。

順帶一提，le, la, les 看起來雖然和之前學過的定冠詞一樣，但其實是不同意義的。

接下來就用這個表格中的單字來舉例。不對，在這之前還有個重要的事情一定要先說明。這非常重要。那就是：

「直接受詞的代名詞」都放在動詞的前面。

用說的可能有點聽不懂吧。別擔心，只要看完例句就會明白了。那麼，我們先把前面的英文替換練習改成法文吧。就像這樣：

I love Mary. (1)	=	J'aime Marie. (1)
I love her. (2)		Je l'aime. (2)

重點有 2 個。

首先是法文那一欄第(2)句中的 l'，這到底是什麼呢？請仔細看前一頁的表格，稍微思考一下。沒錯，因為這裡要把「瑪莉」改成→「她」，所以要用表格中的 la。但因為 la 接續的單字剛好是母音開頭，所以會產生母音省略的連音現象，因而變成 l'。目前為止都還可以嗎？

接下來要來看一下語順。

在英文的語順中，直接受詞 Mary（名詞）變成 her（代名詞），語順也不會改變。但是在法文中，Marie（名詞）變成代名詞的 la（即句中的 l'）時，語順是會改變的。也就是說，「直接受詞的代名詞」會放在動詞的前面。

呼～，好像有點難。不過，其實在回答這類型的問題時，要思考的重點只有 2 個。那就是，①要活用表格中的這些直接受詞代名詞，②要注意語順。特別是語順部分和英文不同，所以要多加注意喔。

接下來我們來看一些例句。以下的例句也有列出否定句的用法。

Je cherche ***Paul***.
[ʒ(ə) ʃɛrʃ]

Je ***le*** cherche.
[ʒ(ə) l(ə) ʃɛrʃ]

＝

我在找保羅。

我在找他。

Tu chantes ***cette chanson***？
[ty ʃɑ̃t sɛt ʃɑ̃sɔ̃]

Tu ***la*** chantes？
[ty la ʃɑ̃t]

＝

你要唱這首歌嗎？

你要唱這嗎？

Il cherche ***Marie***？　　他在找瑪莉嗎？
[il ʃɛrʃ]

－Oui, il ***la*** cherche.　　－對，他在找她。
[wi il la ʃɛrʃ]

－Non, il **ne** ***la*** cherche **pas**.　　－不，他沒在找她。
[nɔ̃ il n(ə) la ʃɛrʃ pa]

Tu ***m***'aimes？　　你愛我嗎？
[ty mɛm]

－Oui, je ***t***'aime.　　－嗯，我愛你喔。
[wi ʒ(ə) tɛm]

「直接受詞代名詞（le, le, me…）」確實都會跑到動詞的前面！那麼否定形式呢，就如同各位所看到的，用 ne...pas 包住「直接受詞＋動詞」即可。

那麼我們來作點練習吧。我會列出中文，請各位參考剛才讀到的法文句子，試著自己說出法文喔。答案就在下一行，記得要用手遮住。Ready, go！

➡ 第 1 題：「我不愛你。」
答案是：Je **ne** ***t***'aime **pas**. 答出來了嗎？ 接著下一題。

➡ 第 2 題：「她不愛他們。」
答案是：Elle **ne** ***les*** aime **pas**. 再來一題！

➡ 第 3 題：「你不愛她。」
答案是：Tu **ne** ***l***'aimes **pas**. 還 OK 嗎？

請反覆練習到講得流暢為止喔。

「直接受詞代名詞」也有命令式：用法文說「愛我吧」

最後要來學「直接受詞代名詞」的命令式，這裡也將用替換改寫的方式來看看。不過否定句和肯定句會分開來看。

肯定命令式： Regarde ***cette photo***. 看這張照片。
[rəgard sɛt fɔto]

Regarde-***la***. 看這個。
[rəgard la]

否定命令式： **Ne** regarde **pas** ***cette photo***. 別看這張照片。
[n(ə) rəgard pa sɛt fɔto]

Ne ***la*** regarde **pas**. 別看這個。
[n(ə) la rəgard pa]

regarde的原形→regarder 看

那麼，肯定命令式和否定命令式的差別在哪裡呢？有一點被搞混的樣子，對吧。其實重點就在「直接受詞代名詞」的位置（在例句中就是指 la）。我們直接來看結論吧。

肯定命令式的情況時，結構為 → **動詞-受詞代名詞**

否定命令式的情況時，結構為 → ne＋**受詞代名詞**＋**動詞**＋pas

在肯定命令式的情況下，「直接受詞的代名詞」會放在動詞後面，然後加上連字號 "-" 。沒錯，連字號也是規則之一。

相對於此，否定命令式就和本課剛開始學到的句子差不多。也就是說，把「直接受詞的代名詞」（le, la, les）放在動詞前面即可，然後再把「le／la／les＋動詞」用ne...pas夾在中間就可以了。

再舉一個例子。在這裡有一個可頌：un croissant。

Mange-***le***. 吃這個。
[mɑ̃ʒ l(ə)]

Ne ***le*** mange **pas**. 不要吃這個。
[n(ə) l(ə) mɑ̃ʒ pa]

le 的位置不一樣，對吧。

※ 有個重點：撒嬌或裝可愛時會說「要愛我喔」。而如果用上面的邏輯去思考，就會變成 Aime-me.，但正確的說法其實是：

Aime-**moi.** 愛我吧。
[ɛm(ə) mwa]

在「人稱代名詞・直接受詞」之中，只有 me 和 te 在「肯定命令式」時會變成 moi 和 toi（因為 Aime-me 不好發音，純粹是為了發音方便而已）。這個 moi 或 toi 被稱為「強調人稱代名詞」（請參閱第 19 課）。到時候再說囉。

這堂課感覺有點困難吧？我想也是，因為這本來就很難。可是，人生如果都很輕鬆的話，那就太沒意思了。好，我們繼續看下一個重點吧！（啊，還有練習題。可惡）

EXERCICES 17

1. 請在括弧內填入適當的「直接受詞代名詞」。

❶ **Elle aime Paul. = Elle (　　) aime.**
她愛著保羅。=她愛著他。

❷ **Je ne cherche pas Marie.**
=Je ne (　　) cherche pas.
我沒有在找瑪莉。=我沒有在找她。

❸ **Regarde ces photos. =Regarde- (　　).**
看這些照片。=看這些。

❹ **N'écoutez pas cette chanson.**
=Ne (　　)écoutez pas.
別聽這首歌。=別聽這個。

2. 請在括弧內填入適當的「直接受詞代名詞」。

❶ **Vous m'aimez? −Oui, je (　　) aime.**
您愛我嗎？−是的，我愛您。

❷ **Vous cherchez Marie? −Oui, je (　　) cherche.**
您在找瑪莉嗎？−是的，我在找她。

❸ **Marie te cherche? −Non, elle ne (　　) cherche pas.**
瑪莉在找你嗎？−不，她沒有在找我。

❹ **Il nous écoute? −Non, il ne (　　) écoute pas.**
他在聽我們說話嗎？−不，他沒有在聽你們說話。

答案
1. ① l' ② la ③ les ④ l'
2. ① vous ② la ③ me ④ vous

Q20 **我已經知道直接受詞就是「接收動作者」，對吧？那我有個問題，所以凡是接收任何動作的那一方就一定是直接受詞囉？例如，「將○○拿過來」、「把○○吃掉」、「對○○講話」、「給○○打電話」中的○○都是直接受詞，正確嗎？**

A20 嗯～，看來你對主詞與受詞的概念很清楚，而且可以發現中文裡常會使用像是「將」、「把」、「跟」等詞彙，後面就會接續人物或事物來當作受詞。

不過，在你舉的例子之中，以法文文法來說，有兩個不是直接受詞的位置，「跟○○講話」、「給○○打電話」中的○○不是直接受詞喔，而是間接受詞。也就是說，這些受詞並非直接接動詞的那一方，在動詞和受詞之間還會有一個介系詞。例如：

(a) 要表達「對○○講話」，法文會說→parler à ○○

(b) 要表達「給○○打電話」，法文會說→téléphoner à ○○

Q21 **咦？我以為只有直接受詞而已，不都是接收動作的對象嗎，為何還要分成這兩種呢？而且，如果我說「把○○拿給╳╳」，那麼我該怎麼分辨哪個是直接受詞，哪個是間接受詞呢？**

A21 我們再從頭說起吧。到底受詞是什麼？是「動作的接收對象」，例如「我愛瑪莉」中，「愛」的接收對象是「瑪莉」。但是動詞又分為(1)有受詞（及物動詞）(2)沒有受詞（不及物動詞：像是「睡覺」、「走路」等）這兩種。不管是法文或是英文，主要的動詞當然都是及物動詞囉。

不過，直接受詞和間接受詞的差別是什麼？

簡單來說，雖然都是動詞的接收對象，但直接和動詞接續的就是直接受詞，沒有和動詞直接接續（中間有介系詞）的就是間接受詞。請看下面的例子。

直接受詞和間接受詞的差別在哪裡？

受詞還分成直接和間接 2 種。其實這個問題在某種意義上是非常非常單純簡單的。也就是說，有和動詞直接連結在一起的話就是直接受詞，沒有和動詞直接地連結在一起的話就是間接受詞。請看看下面的例子。

(a) J'ame Marie.	我愛瑪莉。
Tu cherches ton père?	你在找你的爸爸嗎？
Ils passent un examen.	他們通過考試。

(b) Je parle **à** Marie.	我對瑪莉說話。
Tu téléphones **à** ton père?	你要打電話給你爸嗎？
Ils réussissent **à** un examen.	他們通過考試。

套色區塊和灰色區塊都是受詞。但這兩者之間卻有些差異。看懂了嗎？請仔細看喔。

從(a)來看，這三個受詞都直接接續在動詞後面，但從(b)來看，受詞和動詞之間加了一個介系詞 à。沒錯，這個 à 就是介系詞。看吧，這 2 種受詞的分辨方法其實就是這麼簡單。

不過，在「把○○拿給╳╳」的法文中，又該怎麼分辨直接受詞與間接受詞呢？請看下面的例子：

表達「把○○拿給╳╳」，法文會說 → donner ○○ à ╳╳

從上面這個例句，應該可以判斷，○○比較靠近動詞，所以是直接受詞，而╳╳在介系詞後面，所以是間接受詞囉。懂了嗎？

那麼最後（怎麼還有啊～！）來看看如果搭配「人稱代名詞」，把上一頁(a)例句中的兩個句子來做改寫，是否也能輕而易舉呢。

(a) Je **l**'aime. 我愛她。

Tu **le** cherches? 你在找他嗎？

一旦改成代名詞，都直接跑到動詞的前面了。那麼(b)例句也可以這樣改寫嗎？（這個嘛…）這個問題就要等到下一堂課來說明。

☆ 作個總結吧！

◆ **動詞**

- 有「動作接收者」（有受詞）（→及物動詞）
  aimer, chercher, téléphoner......
- 沒有「動作接收者」（沒有受詞）（→不及物動詞）
  dormir, marcher, nager......

◆ **受詞**

- 「直接」接在動詞之後。（→直接受詞）
  J'aime *Marie*.
- 動詞和受詞之間有介系詞（→間接受詞）
  Je téléphone à Marie.

總而言之，動詞有 2 種，受詞也有 2 種，就這樣！

間接受詞代名詞（Objet Indirect）

法國人原來都是說「我（對）她說話」：Je lui parle

又見面了，最近好嗎？在第 17 課我們一起度過難關了，對吧。不過現在回想起來卻是快樂的回憶了，因為已經搞懂複雜的課題（現在是免費複習時間！）

在第 17 課我們學了直接受詞，也學會了怎麼把它替換成代名詞的方法。現在我們要來學「間接受詞」。解說的步驟就跟第 17 課一樣，那我們趕快開始吧。

人稱代名詞&間接受詞

什麼是「間接受詞」呢？ 對各位而言這個問題可能比第 17 課的「直接受詞」還要困難也不一定。但在這裡也只要一行就可以作出結論！就像是這樣，

間接受詞＝「動作的方向」 這個也很簡單，先來看看中文的例子。

我要	對瑪莉	說話。
你要	給爸爸	打電話嗎？
他們	把考試	考好。

沒錯，不管是「瑪莉」、「爸爸」，或是「考試」，這些都是間接受詞。也就是說，直接受詞是「動作接收的對象」，而間接受詞則是「動作的方向」。

那麼，我們把以上這 3 個句子都翻成法文吧。

Je parle **à** *Marie*.
[ʒ(ə) parl(ə) a]

Tu téléphones **à** *ton père*?
[ty telefɔn a tɔ̃ pɛr]

Ils réussissent **à** *un examen*.
[il reysis a œ̃n ɛgzamɛ̃]

沒錯，法語的間接受詞，不管什麼時候都會接上「à」！

就這樣一瞬間我們就完成第 1 步了。繼續往下看吧。

法文間接受詞代名詞有哪些

這裡，我們要把間接受詞（例如「瑪莉」或「爸爸」）改成代名詞。雖然可能有點簡單，但我們還是慢慢來，先用中文邏輯把上面三個句子的間接受詞改成代名詞看看。

我要	對瑪莉	說話。		我要	對她	說話。
你要	給爸爸	打電話嗎？	➡	你要	給他	打電話嗎？
他們	把考試	考好。		他們	把它	考好。

是不是很簡單。不過這是很重要的概念。那麼，我們接著來看看法文的說法吧。

以下是間接受詞代名詞的一覽表：

⬇請參考

人稱代名詞・直接受詞

	單數	複數
第 1 人稱	me	nous
第 2 人稱	te	vous
第 3 人稱	le	les
第 3 人稱	la	les

人稱代名詞・間接受詞

	單數	複數		
第 1 人稱	me	nous	對我	對我們
第 2 人稱	te	vous	對你	對你們 對您
第 3 人稱	lui	leur	對他 ~~對那個~~	對他們 ~~對那些~~
第 3 人稱	lui	leur	對她 ~~對那個~~	對她們 ~~對那些~~

就像這樣，「間接受詞」和「直接受詞」的拼法，有一半的情況是相同的。請試著比較看看。

沒錯，第 1 和第 2 人稱的情況看起來是相同的，對吧。不過第 3 人稱的部分就不大一樣了，有發現到嗎？

在直接受詞的情況下，第 3 人稱單數有分陽性的 le 和陰性的 la，這兩個不同形態的功能。但對於間接受詞的情況，第 3 人稱單數都是使用 lui 這個單字。

現在給大家出個題目：假如在句子中出現 lui 這個單字的話，它可代表什麼意思，你會怎麼翻譯呢？有 2 個答案喔，請思考看看。

如何？答案當然是「對他」和「對她」這 2 個。可是還是有人會不知道答案，經常會搞錯想成是直接受詞的「將他」或「將她」。

接著來看例句。先把一開始列出來的 3 個中文句子寫成法文，先用名詞來表示。

⑴ 我要	對瑪莉	說話。	Je parle	à Marie.
⑵ 你要	給爸爸	打電話嗎？	Tu téléphones	à ton père ?
⑶ 他們	把考試	考好。	Ils réussissent	à un examen.

接著參照表格，把「間接受詞」從名詞改成「代名詞」，並寫出整句。

⑴ 我要	對她	說話。	Je lui parle.	[ʒ(ə) lɥi parl]
⑵ 你要	給他	打電話嗎？	Tu lui téléphones ?	[ty lɥi telefɔn]
⑶ 他們	把它	考好。	———（沒辦法改！）	

首先看例句⑴和例句⑵。

兩個都可以改成 lui，沒錯吧？因為間接受詞的第 3 人稱單數（「對他」和「對她」）都是同樣的形態。了解了嗎？已經了解的人表示很有天分。還是不了解的人趕緊再翻回前頁搞懂喔。

那麼語順呢……

請回想一下「直接受詞」的語順。在第 98 頁的地方有說明過了。當「直接受詞」要變成代名詞時，會放在動詞的前面，對吧？想起來了嗎？

其實「間接受詞」也是一樣的，當要變成代名詞時會放在動詞的前面。

因此會變成上面這樣的形態。作個整理來講的話，就會像是這樣：

不論是「直接受詞代名詞」或是「間接受詞代名詞」都會放在動詞的前面。

接下來看例句⑶。直接說重點。這個句子沒辦法用「代名詞」來改寫。為什麼呢？這和例句⑴、例句⑵有什麼不一樣呢？

它們之間的差別就在於，接續在 à 之後的不是人，而是事物，關鍵就在這一點。

請再看一次剛剛「間接受詞代名詞」的表格。所以，現在可以了解到為什麼在第 3 人稱中與 lui 和 leur 相對應的「對那個」、「對那些」，會用雙橫線劃掉了吧？這表示「代名詞」的改寫「不適用於事物」。也就是說，

「間接受詞代名詞」只適用於「à +人」而已。

「à＋事物」中的事物當然也是間接受詞，只不過並不能用「人稱代名詞」來替換。（但可以用 y 替換，請參閱第 26 課）。

接著我們來看看幾個整理過的例句吧。也包含否定句。

J'achète un cadeau ***à Marie***.　我要買禮物給瑪莉。
[ʒaʃɛt‿œ̃ kado a]

Je ***lui*** achète un cadeau.　我要買禮物給她。
[ʒə lɥi aʃɛt‿œ̃ kado]

Paul **ne** ressemble **pas *à son frère***.　保羅長得跟哥哥不像。
[n(ə) rəsɑ̃bl pa a sɔ̃ frɛr]

Paul **ne *lui*** ressemble **pas**.　保羅長得跟他不像。
[n(ə) lɥi rəsɑ̃bl pa]

・ressembler à～（長相）像～

Il écrit ***à ses enfants***?　他要寫信給他的孩子們嗎？
[il‿ekri a sez‿ɑ̃fɑ̃]

－Oui, il ***leur*** écrit.　－是的，他要寫信給他們。
[wi il lœr ekri]

－**Non**, il **ne** leur ***écrit*** **pas**.　－不，他沒有要寫信給他們。
[nɔ̃ il n(ə) lœr ekri pa]

・écrire à～ 寫信給～

否定句的作法就和之前練習直接受詞一樣。只要用「ne...pas」包起來就可以了。

命令式

最後只剩下命令式了。來看例句吧。

Obéis ***à ta mère*** ! ＝Obéis-***lui***.　聽你媽媽的話＝聽她的話。
[obei a ta mɛr]　[obei lɥi]

N'obéis **pas *à ta mère*** ! ＝**Ne *lui*** obéis **pas** !
[nobei pa a ta mɛr]　[n(ə) lɥi obei pa]
別聽你媽媽的話＝別聽她的話！

就和「直接受詞」命令式一樣，要注意肯定命令式和否定命令式的語順有稍微不同。

肯定命令式的情況時，結構為 → **動詞-受詞代名詞**

否定命令式的情況時，結構為 → ne＋受詞代名詞＋動詞＋pas

另外，要表達「聽我的話！」時，要說 Obéis-moi，me 會變成 moi。這和「直接受詞」的命令式是一樣的。

EXERCICES 18

1. 請在括弧內填入適當的「間接受詞代名詞」。

❶ **Elle parle à Paul.**

=Elle (　　) Parle.

她對保羅說話。= 她對他說話。

❷ **Je ne téléphone pas à Marie.**

=Je ne (　　) téléphone pas.

我沒有要打電話給瑪莉。=我沒有要打電話給她。

❸ **Ecris à tes parents.**

=Ecris- (　　).

寫信給你父母。=寫信給他們。

2. 請在括弧內填入適當的「間接受詞代名詞」。

❶ **Vous me téléphonez? -Oui, je (　　) téléphone.**

您會打電話給我嗎？—會，我會打電話給您。

❷ **Vous écrivez à Marie? —Oui, je (　　) écris souvent.**

您會寫信給瑪莉嗎？—會，我經常寫信給她。

❸ **Ta femme t'obéis? -Tu rigoles! Elle ne (　　) obéit pas!**

你老婆會聽你的話嗎？—開什麼玩笑！她才不聽我的呢！

答案

1. ① lui ② lui ③ leur
2. ① vous ② lui ③ m'

19 強調形人稱代名詞（Les pronoms toniques）

表達「我啊…」「你呢？」「是我」

mp3_19-1

來吧，這堂課很短的，用最快的速度讀過去吧！

雖然這還是「人稱代名詞」，但已經是最後一部分了，同時也是最簡單的！

強調形的形態

首先請看表格。

⬇請參考

主詞人稱代名詞

	單數	複數
第 1 人稱	je	nous
第 2 人稱	tu	vous
第 3 人稱	il	ils
	elle	elles

強調形人稱代名詞

單數	複數		
moi [mwa]	nous [nu]	我	我們
toi [twa]	vous [vu]	你	你們 您
lui [lɥi]	eux [ø]	他	他們
elle [ɛl]	elles [ɛl]	她	她們

因為強調形也是「人稱代名詞」的一種，所以一樣會有將名詞替換成代名詞的情形。將名詞替換成主詞／直接受詞／間接受詞的內容，已經在第 3 課、第 17 課、第 18 課講過了，那麼在使用強調形人稱代名詞時，名詞又會有什麼樣的變化呢？

強調形的用法

名詞要換成強調形人稱代名詞的情況是以下幾種：

(i) 在介系詞的後面　　(iii) 在 c'est 的後面

(ii) 想強調的時候　　(iv) 單獨使用的時候

來看看以下幾個例句吧。

i) Tu danses avec ***Paul***？ 你要和保羅跳舞嗎？
[ty dɑ̃s avɛk]

Tu danses avec ***lui***？ 你要和他跳舞嗎？
[ty dɑ̃s avɛk lɥi]

avec 是介系詞。當然，不只是 avec 而已，任何放在介系詞後面的名詞都可以替換成強調形。關於介系詞的介紹，請見第 44 頁。就強調形的使用情況來說，在介系詞後面出現的頻率是最高的。強調形的其他用法請見下面的例句。

(ii) Qu'est-ce que tu manges, ***toi***？ 你啊，在吃什麼？
[kɛs k(ə) ty mɑ̃ʒ twa]

－***Moi***, je mange du pain. －我啊，正在吃麵包。
[mwa ʒ(ə) mɑ̃ʒ dy pɛ̃]

(iii) C'est ***toi***, Marie？ 瑪莉，是妳嗎？
[sɛ twa]

－Oui, c'est ***moi***. －是啊，是我。
[wi sɛ mwa]

(iv) J'aime la musique pop. Et ***toi***？ 我喜歡流行樂。你呢？
[ʒɛm la myzik pɔp e twa]

EXERCICES 19

請在括弧內填入適當的「強調形人稱代名詞」。

❶ **(　　), c'est Nicolas. Et (　　)?** 我是尼可拉。你呢？

❷ **Marie est sympa avec (　　).** 瑪莉對他很親切。

答案

① Moi / toi ② lui（avec 是介系詞喔。）

複合過去式（直陳式）（Passé composé）

mp3_20-1

法語最常用的過去式

接下來要來看過去式了。雖然法語中有各式各樣的過去式，但最常使用的就是複合過去式了。乍看之下好像很難，但只要習慣了，就會發現它是個非常好用的表達方法。咦？還太年輕不需要回顧過去？我明白，不過還是來學一下吧！

複合過去式的「複合」是什麼？

首先我們先從「複合過去式」這個名稱開始看吧。

想必各位也一定有很多糾結不清的回憶吧。不想回想起來吧？不用想起來沒關係。因為「複合」過去式和那些事情完全沒有關聯。

所謂的「複合」，指的其實是動詞變化的類型。也就是說，複合過去式所指的是「使用『複合形』動詞變化的過去式」。

別擔心，這一點也不難。就像下面這個樣子。

動詞變化的類型	單純形	複合形
變化方式	動詞自己會變化	和助動詞搭配
英文例子	I went, you went	they have gone

就像這樣，「複合形」的其中一個代表就是「助動詞＋過去分詞」這種兩單字組合的形態。

過去分詞（Participe Passé）的表現方式

接下來我們來看一下具體的例子吧。只要了解助動詞和過去分詞（Participe Passé）的話，就可以知道怎麼活用複合過去式了。當然，這兩者都會說明，首先就從過去分詞開始介紹。比較麻煩的部分只佔了整體的大約 5%，剩下的都是比較輕鬆的。

在第 13 課中的第二個文法重點中，曾經提過「動詞原形的語尾只有 4 種」，對吧，應該還記得吧？而過去分詞的變化則是從動詞原形中 ❶ 在字尾處做個簡單的變化 ❷ 大概想像得到的變化。

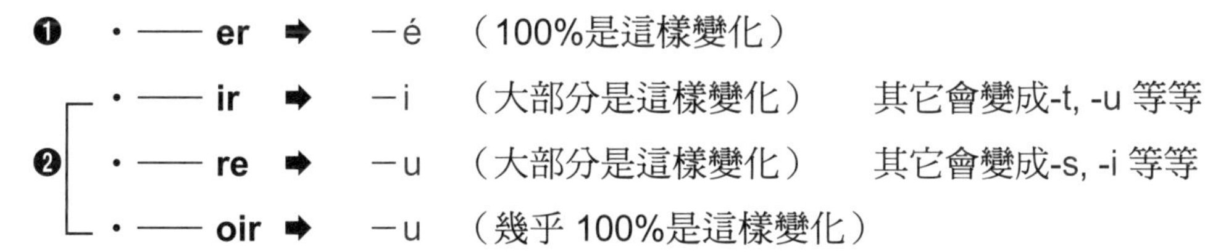

舉幾個例子吧。

① ── **er** ➡ chanter → chant**é**, aimer → aim**é**, aller → all**é**
[ʃɑ̃te] [ʃɑ̃te] [ɛme] [ɛme] [ale] [ale]

② ── **ir** ➡ finir → fini, choisir → choisi, sortir → sorti
[finir] [fini] [ʃwazir] [ʃwazi] [sɔrtir] [sɔrti]

── **re** ➡ attendre→ attendu, connaître → connu
[atɑ̃dr] [atɑ̃dy] [kɔnɛtr] [kɔny]

── **oir** ➡ avoir → **eu** savoir → **su** ※ eu 是特殊的發音
[avwar] [y] [savwar] [sy]

「-er 動詞」的過去分詞幾乎跟原形差不多。請看上面的例子。只要把原形語尾的-er 改成-é 就可以了。而且，「-er 動詞」的原形和過去分詞的發音都是一樣的。

在第 13 課提到的 finir 或 choisir 這一類動詞也很簡單，只要把原形語尾的-ir 改成-i 就可以了。

剩下的其他變化大約只佔 5%左右，這部分就直接記起來吧（變化後的字尾字母大概都是 -é, -i, -u, -s, -t。關於這些「變化大約只佔 5%」的動詞類組，只要查字典，依照動詞原形旁邊的編號去找字典後面索引的動詞變位，會看到其中一欄寫「passé composé」或「Present Perfect」，就可以找到語尾的變化了。

文法重點 複合過去式的形態：助動詞

來確認一下。所謂的「複合過去式」也就是：

> **複合過去式**＝助動詞（的現在式）＋過去分詞

過去分詞已經在前面講過了，剩下就只有助動詞而已。但其實這個部分各位應該已經能懂了！所以接下來的部分請放輕鬆地讀吧。

學習複合過去式形態時，最重要的就是要知道，它的形態有 2 種模式。那麼我們就一個一個來看吧。

《複合過去式・A 模式》『avoir＋過去分詞』（唱了歌）

chanter [ʃɑ̃te] —— **《否定形》**

j'	ai	chanté	[ʒɛ ʃɑ̃te]	je	**n'ai**	**pas**	chanté	[ʒ(ə) nɛ pa ʃɑ̃te]
tu	as	chanté	[ty a ʃɑ̃te]	tu	**n'as**	**pas**	chanté	[ty na pa ʃɑ̃te]
il	a	chanté	[il‿a ʃɑ̃te]	il	**n'a**	**pas**	chanté	[il na pa ʃɑ̃te]
elle	a	chanté	[ɛl‿a ʃɑ̃te]	elle	**n'a**	**pas**	chanté	[ɛl na pa ʃɑ̃te]
nous	avons	chanté	[nuz‿avɔ̃ ʃɑ̃te]	nous	**n'avons**	**pas**	chanté	[nu navɔ̃ pa ʃɑ̃te]
vous	avez	chanté	[vuz‿ave ʃɑ̃te]	vous	**n'avez**	**pas**	chanté	[vu nave pa ʃɑ̃te]
ils	ont	chanté	[ilz‿ɔ̃ ʃɑ̃te]	ils	**n'ont**	**pas**	chanté	[il nɔ̃ pa ʃɑ̃te]
elles	ont	chanté	[ɛlz‿ɔ̃ ʃɑ̃te]	elles	**n'ont**	**pas**	chanté	[ɛl nɔ̃ pa ʃɑ̃te]

複合過去式是由「助動詞（現在式）」和「過去分詞」組成的。因為 chanter 是「–er 動詞」，所以過去分詞就是 chanté。

那麼助動詞呢？在這裡使用的助動詞就像你所看到的一樣，是 avoir。但是在這裡要各位注意一下。那就是這個「助動詞 avoir」是現在首次出現的單字。

咦……？這個單字之前好像已經出現過了……

沒錯，在第 3 課的時候 avoir 已經出現過了。但是那是「動詞 avoir（有）」，和現在的不一樣，現在的是「助動詞 avoir」。而說到變位，其實「助動詞 avoir」和「動詞 avoir」的變位都是一樣的！

Hier, j'**ai chanté** beaucoup de chansons à la fête.
[jɛr ʒɛ ʃɑ̃te boku d(ə) ʃɑ̃sɔ̃ a la fɛt]
在昨天的派對上，我唱了很多歌。

Marie **a acheté** une mini-jupe à Paris.
[a aʃte yn mini ʒyp a pari]
瑪莉在巴黎買了迷你裙。

就像這樣。A 模式的形態已經沒問題了吧？那就接著看下去吧。

《複合過去式・B 模式》『être＋過去分詞』（做了…）

mp3_20-3

aller [ale]

			單獨念法	連音念法
je	suis	allé(**e**)	[ʒ(ə) sɥi ale]	[ʒ(ə) sɥi zale]
tu	es	allé(**e**)	[ty ɛ ale]	[ty ɛ zale]
il	est	‿allé	（第三人稱要連音）	[il ɛ tale]
elle	est	‿allée		[ɛl ɛ tale]
nous	sommes	allé(**e**)s	[nu sɔm ale]	[nu sɔm zale]
vous	êtes	allé(**e**)(**s**)	[vu zɛt ale]	[vu zɛt zale]
ils	sont	‿allés	（第三人稱要連音）	[il sɔ̃ tale]
elles	sont	‿allées		[ɛl sɔ̃ tale]

《否定形》

je	**ne**	suis	**pas**	allé(**e**)	nous	**ne**	sommes	**pas**	allé(**e**)s
tu	**n'**	es	**pas**	allé(**e**)	vous	**n'**	êtes	**pas**	allé(**e**)(**s**)
il	**n'**	est	**pas**	allé	ils	**ne**	sont	**pas**	allés
elle	**n'**	est	**pas**	allée	elles	**ne**	sont	**pas**	allées

這次用的助動詞是 être。各位都有發現到吧？沒錯，這是「助動詞 être」，而不是「動詞的 être（是）」喔。不過因為這兩個 être 的變位是一樣的，所以相信各位應該也都有看懂吧？（所以只要記得分詞的部分就可以了）

可是，這裡的 B 模式，和 A 模式有很大的不同。請比較一下兩模式的分詞，A 模式每一個都是 chanté，但 B 模式這邊的分詞語尾卻是有些加 e，有些不加。為什麼呢？

好，我們直接看重點：

★ B 模式中，「助動詞 être」後面的過去分詞會依主詞陰陽性、單複數而產生變化。

這樣的變化，就和形容詞的情況一樣，會有「陽性單數形」「陽性複數形」「陰性單數形」「陰性複數形」，這 4 種語尾變化。

舉例來說，請看第 3 人稱複數的 elles sont allées。語尾的部分是 -es。因為「她們」是「陰性複數形」，所以過去分詞 allé 會加上 -es（e 表示陰性，s 表示複數）。

那 je 的分詞字尾為何又有(e)？（je＝「我」）這種情況可陰性可陽性對吧。所以只有在 je 是陰性的情況下，être 的語尾才會附上 e 喔。當然 tu 也是一樣的。

另外，nous 後面的(e)s 則表示：

若 nous（我們）為：⑴全員男性的話 → nous sommes allé**s**

⑵男女混合的話 → nous sommes allé**s**

⑶全員女性的話 → nous sommes allé**es**

還有在 vous 的情況下，會根據使用場合的不同而產生單數（您）或是複數（你們）的狀況。因而會產生「陽單、陽複、陰單、陰複」這四種狀況。（只有在全員都是女性的時候，才會變成陰性複數形。那人妖怎麼辦呢？ 就照當事人的意願來處理吧！）

雖然這個說明有點長，但重點就在於把過去分詞當作形容詞來看，務必要跟主詞的性質和數量一致就可以了。

最後再來看一個例句。

Hier, tu es allée á Paris?
[jɛr ty ɛ ale a pari]
昨天，妳去巴黎了嗎？

－Oui, je suis allée á Paris avec mon ami.
[wi ʒ(ə) sɥi ale a pari avɛk mɔ̃ nami]
是的，我和我男友去了巴黎。

文法重點 A 模式和 B 模式的分別

相信各位都已經了解 A、B 兩種模式的變化了吧。那麼接下來的重點當然就是這 2 種模式要怎麼區分了。

大略來說，大約95%以上的頻率，都是使用 A 模式。所以在這裡我們反而要針對 B 模式來探討，除此之外的就都是 A 模式了。各位覺得這樣如何呢？

在這裡先寫出 B 模式的情況。

★ 使用 B 模式的動詞 ★

一定要記住的 9 個動詞

aller（allé） [ale] [ale]	去	partir（parti） [partir] [parti]	出發
venir（venu） [v(ə)nir] [v(ə)ny]	來	arriver（arrivé） [arive] [arive]	到達
sortir（sorti） [sɔrtir] [sɔrti]	出來	naître（né） [nɛtr] [ne]	出生
entrer（entré） [ɑ̃tre] [ɑ̃tre]	進入	mourir（mort） [murir] [mɔr]	死亡
rester（resté） [rɛste] [rɛste]	停留		

（　）內為過去分詞

盡量要記住的 4 個動詞

monter（monté） [mɔ̃te] [mɔ̃te]	上去		
descendre（descendu） [desɑ̃dr] [desɑ̃dy]	下去		
tomber（tombé） [tɔ̃be] [tɔ̃be]	倒下	devenir（devenu） [dəvnir] [dəvny]	成為～

（　）內為過去分詞

以上這些就是 B 模式的動詞，全部加起來 13 個而已。一秒記一個的話，總共只要 13 秒就可以全部記起來了！剩下的就是 A 模式了，加油！

其實上面提到的這 13 個動詞，會發現一、兩個共通點。以下來為各位說明一下。

B 模式的這 13 個動詞：帶有「空間的移動」、「狀態的變化」意味的不及物動詞

「去／來」「進入／出來」…等，這些都是「空間的移動」。而「狀態的變化」呢？那就是「成為～」或是「出生／死亡」這些意義的動詞囉。

其實這些都很簡單。在背 B 模式這 13 個動詞時，記得這個共通點會很有幫助喔。

複合過去式的用法

複合過去式的用法大略可分成 2 種。就像以下這樣。

⑴ **過去式：表示**「～了」「曾是～」

⑵ **現在完成式：表示** (a)「（早就已經）～了」

(b)「曾有過～的事件」

⑴的「過去式」可說是普通的過去。像是「昨天下雨了」或是「上週日出了車禍」這一類型。所謂的「過去式」，就是已經過去了的事情。

⑵的「現在完成式」，要再分成(a)跟(b)會比較好。(a)表示的是「完成」，譬如說「已經打掃完了」。而(b)表示經驗。像是「你有見過鬼嗎？」或是「你有在星巴克喝過香蕉覆盆莓星冰樂嗎？」這類都是。

好，接著來看例句吧。雖然一路走來很辛苦，但終點已經近在眼前囉。

昨天 晚上

⑴ **Je suis arrivé à Taïpei hier soir.**

[ʒ(ə) sɥi arive a tajpɛ jɛr swar]

昨天晚上，我抵達了台北。

已經 電影

⑵ (a) **Vous avez déjà vu ce film**?

[vuz ave deʒa vy s(ə) film]

您／你們已經看過了這部電影了嗎?

vu 的原形是 voir 看

(b) **Vous êtes déjà allé à Paris**？

[vuz‿ɛt deʒa ale a pari]

您有去過巴黎嗎？

就像這樣，我們從句子中的提示可以判斷是過去式或完成式。譬如在⑴的例句中，從「昨天晚上」的時間點，可以知道是「事件已發生了」的普通過去式。而⑵的例句(a)則提到「已經」，可以知道是完成式。（déjà（已經）要放在助動詞和分詞之間）。

最後我們來看針對像是(2) (a)這類例句的回答方式。答案有 2 種。

Vous avez déjà écouté ce CD?
[vuz ave deʒa ekute s(ə) sede]
您已經聽過這張 CD 了嗎？

－Oui, je l'ai déjà écouté.　是，已經聽過（這張）了。
[wi ʒ(ə) lɛ deʒa ekute]

（＝**J'ai déjà écouté ce CD.**）

還沒
－Non, je ne l'ai pas encore écouté.
[nɔ̃ ʒ(ə) n(ə) lɛ pa ɑ̃kɔr ekute]

不，還沒有聽過（這張）。

（＝**je n'ai pas encore écouté ce CD.**）

相信各位對中間的 l' 感到疑惑吧。這位認為這是什麼呢？

會產生連音變成 l' 的，只有定冠詞（請見第 2 課）的 le, la，還有直接受詞代名詞（請見第 17 課）的 le, la 這 4 種而已。由於 l' 後面的是 avoir 的動詞變位，所以應該不會是接在名詞前面的定冠詞吧。

其實這個 l' 正是直接受詞代名詞的 le。也就是說，在這裡是「這張」的意思，來取代句中的「ce CD（這張CD）」。以下寫出現在式來讓各位參考。

Vous écoutez ce CD?－Oui, je l'écoute.　要聽這張 CD 嗎？－要，我要聽（這張）。
[vuz‿ekute s(ə) sede]　[wi ʒ(ə) lekut]

這個就很好懂了對吧。把它改成複合過去式的話，就會像上面的句子一樣。而它的語順則是會放在助動詞的前面。

呼～各位辛苦了！雖然這裡的每一個重點，在經過解說之後，就變得不是那麼困難了，但一次要記這麼多東西，還是會讓人頭痛，對吧。不過，你已經能夠唸到這裡了，相信接下來的課，你都還是會繼續唸下去的。

★ 複合過去式　(1) 過去式　(2) 現在完成式

A 模式	avoir（的現在式）＋過去分詞	分詞不變化	95%以上的動詞
B 模式	être（的現在式）＋過去分詞	分詞會依主詞的性質／數量而改變動詞	「去」「來」等 13 個前面提到的動詞

Q22

其實我不大想問這個問題……。不過本課有提到說，B 模式這 13 個動詞有一、兩個共通點，它們是帶有「空間的移動」、「狀態的變化」的不及物動詞。所謂的「不及物動詞」是什麼意思呢？學校的教科書也常提到「不及物動詞」。如果會很難的話，就當我沒問過，好嗎。

A22

別擔心，與現實生活中的種種難題相比，這根本是小事。就算不大懂法文也不會怎麼樣。

這個「不及物動詞」嘛。

動詞可以大略分成 2 類。沒錯，就是「及物動詞」和「不及物動詞」。所謂的「及物動詞」，就是「可以直接接受詞」的動詞（請見第 17 課的 Q&A 20）。而後面只接「間接受詞」（動詞與受詞之間會有介系詞）或根本不需要受詞的動詞，那就是「不及物動詞」。

那麼，為何說 B 模式的動詞都要限定為「不及物動詞」呢？

舉個比較好懂的例子，visiter（參訪）。這也是個帶有「空間的移動」意味的動詞，對吧？可是 visiter 其實是個「及物動詞」。例如 Je visite le Louvre.（我去參觀羅浮宮。）這個句子中，「羅浮宮」是「直接受詞」。即使是有「空間的移動」的涵義，但如果動詞本身不是「不及物動詞」，就不屬於 B 模式。於是，要用複合過去式來表達時，就會變成 J'ai visité le Louvre.（助動詞是 avoir 喔）。

Q23

本課例句中，有一句是 Vous avez déjà vu ce film ?。其中的 déjà vu 這 2 個單字，跟碧昂絲的一首歌歌名「DEJAVU」是一樣的意思嗎？這是什麼意思呢？和複合過去式有關連嗎？

A23 沒錯，「déjà vu」是法文，一般會翻譯成「似曾相識的感覺」，就像是有人會對第一次走過的街道產生似曾相識的感覺。字典裡頭也是寫作 déjà vu（或 déjài-vu），英文和法文的拼法雖然一樣，但發音不同。

而這和複合過去式有很大的關係。déjà vu 可以把它想成是（J'ai）déjà vu.「我已經見過了。」，這句話其實是前半段被省略掉了，可用來表示「經驗」（曾有過～的經驗）（請參考本課 p.118）。而 déjà vu 的 vu 其實是 voir（看）的過去分詞。你看，又是一個不規則的過去分詞了！

EXERCICES 20

請在括弧內填入複合過去式。

❶Je danse avec Marie. → J' (　　) (　　) avec Marie.

→ 我和瑪莉跳了舞。

❷Marie va à New York. → Marie (　　) (　　) à New York.

→瑪莉去了紐約。

❸Vous avez rencontré Paul? 您和保羅見面了嗎？

—Oui, je l' (　　) (　　). 一是的，和他見面了。

❹Tu (　　) (　　) à Paul? 你打電話給保羅了嗎？

—Non, je ne lui (　　) pas (　　). 一沒有，我沒有打給他。

❺Elle chante au karaoké → Elle (　　) (　　) au karaoké.

她在卡拉 OK 唱了歌。

❻Ils restent à la maison. → Ils (　　) (　　) à la maison.

他們待在了家裡。

答案

① ai dansé ② est allée ③ ai rencontré ④ as téléphoné / ai téléphoné. ⑤ a chanté ⑥ sont restés

②因為動詞是「去」，所以是 B 模式。而過去分詞（allé）則和主詞（Marie）一致變成陰性單數形。⑥也是 B 模式喔。

關係代名詞（Les pronoms relatifs）

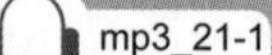

相當於英文的 who, which, where, when

各位應該都有聽過關係代名詞這個詞彙吧。各位也應該在考試時作過像是「請在括弧內填入適當的關係代名詞」或是「請使用關係代名詞將 2 個句子合併成 1 個句子」之類的題目吧。

各位應該都對英文的關係代名詞有些了解吧！這麼一來，要說明的話就很簡單了。因為關係代名詞的部分，法語和英文幾乎是相同的。

雖然你已經很懂了但也不要就此跳過本課，還是有幾個重點要知道。現在我們稍微來複習一下關係代名詞，好嗎？

用關係代名詞表達「形容詞子句」

關係代名詞是什麼？要用一句話來說明的話是很困難的。所以在這裡，我們就先跳過關係代名詞本身的定義，只要能夠了解以下這一句話就可以了。

★ 關係代名詞可用來表示「形容詞子句」

嗯～～好像還是很難懂啊！不過不用擔心，因為就只有這麼一句話而已！重點當然就在於「形容詞子句」這個地方囉。我們就以搞懂這句話為目標前進吧。首先，請先看下面的例子。左右兩邊是相互對應的。

⑴ 金髮的		blonde
⑵ 樹下的	女子 ＝ femme	sous l'arbre
⑶ 我愛的		que j'aime

首先看⑴。「金髮的」（＝ blonde）是一個「單字」，是用來修飾名詞 femme「女子」的形容詞。這個沒問題吧？

接下來是(2)。「樹下的」用法文(sous l'arbre)來說的話，就是 3 個單字（相當於英文的 under the tree）我們可以把這 3 個單字想成是 1 個片語，當作是 1 個修飾名詞「女子」的片語。因為 sous l'arbre（樹下的）被拿來當作形容詞來使用，所以我們可以稱之為「形容詞片語」。

最後來看(3)。在「我愛的」中，我們會發現有「主詞（＝我）」和「動詞（＝愛）」在裡面（而在(2)裡面卻沒有）。就像這樣，這種包含「主詞－動詞」元素的語句可以被稱為「子句」。還有一個重點就是，「我愛的」這個子句也可以被當作是一個詞來修飾名詞「女子」，對吧？功能就跟形容詞一樣。所以「我愛的」可被稱為「形容詞子句」。

沒錯，這就是「形容詞子句」。所謂的「形容詞子句」，也就是「被當作形容詞來使用的子句」。

那麼，為了讓各位更了解，先讓各位看一下英文的例子吧。每一句都有使用關係代名詞。（明明是法語的書，還……）

The woman who I love went to Paris.	我愛的女人去巴黎了。
The boy who is playing tennis is John.	在打網球的男孩是約翰。
This is the watch which I bought yesterday.	這是我昨天買的手錶。

① 3 個套底色的部分都含有「主詞－動詞」（第 2 句的主詞是 who），而且都可整合成帶有修飾功能的一個群組。這些全都稱為「子句」。

② 還有，這 3 個套底色的子句都各自修飾灰底色的名詞，所以它的功能跟形容詞一樣。

我們把①跟②合起來看，這 3 個套底色全都是「形容詞子句」。

③ 這 3 個套底色全都是　以關係代名詞開頭的。

沒錯，像這樣把①②③的概念整合起來，就是我們這個文法重點要探討的，

★ 關係代名詞可用來表示「形容詞子句」。

就是這樣！

再送各位 2 個小禮物吧。

首先請看前面套底色的名稱。咦？不就是「形容詞子句」嗎？沒錯，當然是「形容詞子句」。但是如果我們看的點不同，也可以把它叫做「關係子句」。也就是「以關係（代名）詞開始的子句」。

接下來是灰底色的部分。在這裡被「關係子句」修飾，對吧。而它的名稱就叫作「先行詞」。應該都有聽過吧？這個部分跟英文的文法是一樣的喔。

請先把這 2 個詞彙都先塞到腦袋裡去！

這就是法語的關係代名詞！

那麼我們接下來要來看 4 個關係代名詞。但在那之前，可以先說一個有點難的事情嗎？真的嗎？那我就恭敬不如從命囉。

為了要能夠掌握關係代名詞，有 2 個重點是必須要注意的。也就是，

(1)「關係子句」的範圍是從哪裡到哪裡？

(2) 在「關係子句」中，「關係代名詞」扮演著什麼樣的角色？

→ **1・主詞　2・直接受詞　3・其它**

不論是法文或是英文，只要把這 2 點搞懂就簡單了。

從現在開始，請各位特別注意到(2)的部分，讓我們來看看具體的例子吧。全部總共有 4 個（qui, que, dont, où），我們首先從其中 2 個開始看吧。
[ki] [k(ə)] [dɔ̃] [u]

◆ 最常使用的 qui 和 que
[ki] [k(ə)]

先看例句。

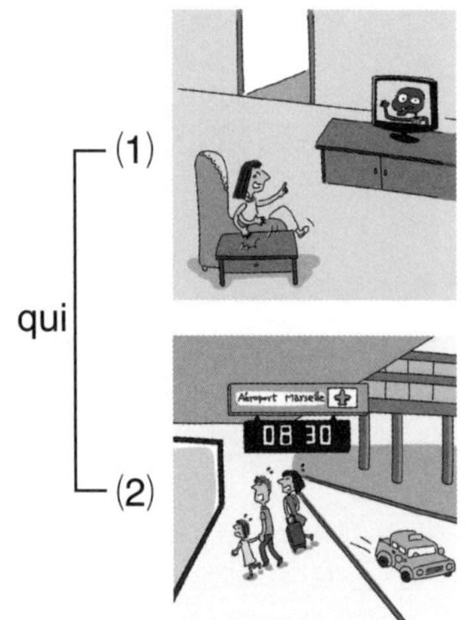

qui

(1) La femme qui regarde la télé (電視) est ma mère.
[la fam ki rəgard la tele ɛ ma mɛr]
在看電視的那位女子是我的母親。

(2) Nous prenons l'avion (飛機) qui part à dix heures.
[nu prənɔ̃ lavjɔ̃ ki par a diz‿œr]
我們要搭乘 10 點起飛的飛機。

prenons 的原形：**prendre** 搭乘　**part** 的原形：**partir** 出發

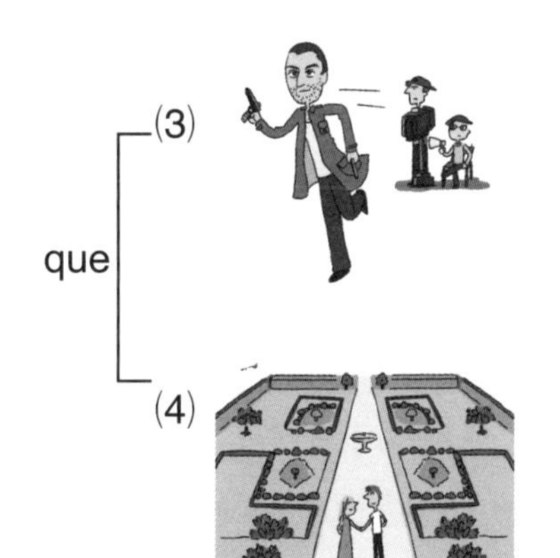

que

(3) Jean Reno est un acteur que j'aime beaucoup.（acteur：男演員）
[ʒɑ̃ rənɔ ɛt‿œ̃ naktœr kə ʒɛm boku]

尚雷諾是我最喜愛的演員。

(4) C'est un jardin que nous visitons souvent.（jardin：公園；souvent：經常）
[sɛt‿œ̃ ʒardɛ̃ kə nu vizitɔ̃ suvɑ̃]

這是我們經常來的公園。

套底色的部分是「關係子句」，灰底色的是先行詞。

首先請看(1)和(2)的「關係子句」。在「關係子句」中，qui 是扮演著什麼樣的角色呢？請從以下 3 項作選擇。

①主詞 ②直接受詞 ③介系詞，答案是主詞。

所謂的「子句」，就是包含「主詞－動詞」的意義集合。你看，在這裡除了 qui 之外沒有其它主詞了，對吧？沒錯，qui 在「關係子句」中會成為「主詞」的關係代名詞。

來看例句(3)和(4)吧。

這裡也是一樣的問題。(3)和(4)的「關係子句」中，que 所扮演的角色是什麼呢？請從上述 3 項來作選擇。答案是：直接受詞。

(3)和(4)中的「關係子句」，兩句都有「主詞－動詞」。而且動詞 aimer 和 visiter 是及物動詞，也就是有直接受詞的動詞。而 que 就是扮演著接受動詞的角色。所以 que 在「關係子句」中是會成為直接受詞的關係代名詞。（關於「及物動詞」，請看 Q & A 21。）

呼～～。還好吧？要不要泡一杯可可給你？等一下再泡啊？那想喝時再告訴我喔。

接下來……。

對了，關於前面(1)～(4)的例句，有一件事忘了說。那就是關於先行詞的說明。

直接講重點。在法語的情況下，不管先行詞是「人」或是「物」，使用的關係代名詞都不會改變。請看例句(1)和(2)的「女子」和「飛機」，例句(3)和(4)的「男演員」和「公園」，各自都用相同的關係代名詞，對吧。

為什麼我要特別提到這個呢？因為在各位所了解的英文中，先行詞的差別是很重要的。請看一下 123 頁的英文例句。先行詞是「人」或是「物」，會讓所使用的關係代名詞不同。

再強調一次。在思考法語的關係代名詞時，請注意它在「關係子句」中所扮演的角色就好，和其先行詞是「人」或是「物」無關！

※ 關係代名詞功能之一就是會把「2 句變 1 句」。我先把上述例句中原本的 2 個句子列舉出來。不過如果你覺得到目前為止已經懂了的話，那不用唸這裡也沒關係喔。

(1) La femme est ma mère. / Elle regarde la télé.
(2) Nous prenons l'avion. / Il part à dix heures.
(3) Jean Reno est un acteur. / J'aime beaucoup l'acteur.
(4) C'est un jardin. / Nous visitons souvent le jardin.

請注意右邊的句子。這樣子來看的話，主詞或是直接受詞的角色就清楚了好吧。

◆ 關系代名詞 dont
[dɔ̃]

接下來要看 dont，這個有點難。（咦！比之前的還難嗎？）這是因為不論是在中文或是英文中，都沒有和 dont 完全相符合的單字存在。所以就算有點難懂也是正常的，不用擔心，輕鬆地看下去吧。

可是啊，如果要考試的話，說真的，如果不是 qui，也不是 que，也不是 où（之後會說明）的話，那選 dont 就對了。考試大概都是這樣出的。

可是對於志向比阿爾卑斯山還高的各位而言，考試不過就是張紙，對吧？真正的重點是要抓住法語的精髓啊！不好意思，我忘記了！

那麼我們就開始解說 dont 吧。首先希望各位先來了解以下兩者。

(**a**) dont 在「關係子句」中扮演著《de＋先行詞》的角色。

這句話的意思是，把 dont 當作《de＋先行詞》來思考就可以了。當然這是指在「關係子句」之中的時候。

(**b**) 和只有單一功能的關係代名詞 qui 或 que 不同，dont 可以扮演各種角色。

雖然也可以在這裡把它的功能全列出來，但我不要！請各位把它想成是沒辦法定義為主詞或直接受詞就好了。就規則(a)來說，不管是在什麼情況都適用。

差不多該來看例句了。在這裡也是一樣，套底色的部分是「關係子句」。請慢慢觀察它的變化。

(1) C'est un *film* dont la fin est triste. 這是結局很悲傷的電影。
結局 (fin)　悲傷 (triste)
[sɛt‿œ̃ film dɔ̃ la fɛ̃ ɛ trist]

⬇

《de＋先行詞》← 規則(a)。

||

《de　ce film》← 在先行詞前加上「de ce」

☞ la fin *de ce film* est triste
[la fɛ̃ d(ə) s(ə) film ɛ trist]
這個電影的結局很悲傷

感覺好像很混亂。那就再看另一個例句吧。

(2) C'est un *film* dont on parle.　這是一齣人們在討論的電影。
[sɛt œ̃ film dɔ̃ ɔ̃ parl]

parler de～ 談論～

⬇

《de＋先行詞》　← 規則(a)

||

《de　ce film》　←填入

☞ on parle de ce film　人們都在討論這齣電影。
[ɔ̃ parl d(ə) s(ə) film]

那麼接下來，我們來看看在「關係子句」中，dont 的角色吧。

在例句(1)中，我們把句子還原成「la fin（名詞）＋de ce film」這樣的名詞片語，表示「這齣電影的結局」。而在例句(2)，則還原成「parler（動詞）＋de ce film」這樣的動詞片語，表示「討論關於那齣電影」的意思。也就是說，de ce film 在這裡是接續在名詞或動詞（或形容詞）的後方。而當 film 被拿到前面當先行詞時，我們要記得這個 film 原本是有「（名詞）＋de」、「（動詞）＋de」的關係存在，也就要想到關係代名詞 dont＝de＋先行詞。所以 dont 難的地方是，我們要思考先行詞與子句的關係。

最後再看一個例句來把 dont 結束掉吧。

C'est la fille dont il est fier.　　這是讓他感到驕傲的女兒。
[sɛt la fij dɔ̃ il‿ɛ fjɛr]
être fier de～ 對～感到驕傲

C'est la fille. Il est fier de la fille.
[sɛt la fij il‿ɛ fjɛr d(ə) la fij]

先行詞是「女兒」。也就是說，從這些例句看下來，對 dont 而言，先行詞是「人」或是「物」都是可以的。

◆ **關係代名詞 où！**
[u]

dont 真的有點難，對吧。是不是想唸比較簡單的東西吧。就在這個時候，où 出現啦。這個很簡單！

où 有 2 種使用方式。

(1) 先行詞為「場所」，相當於英文的 where。例：「家」「餐廳」「美術館」等等
(2) 先行詞為「時間」，相當於英文的 when。例：「星期一」「去年」等等

咦？where 跟 when 應該不是關係代名詞，而是關係複詞，不是嗎？你有這樣想過嗎？（沒有想過啊？）沒想過就沒關係了。

開玩笑的。在法文中，où 一般都被當作關係代名詞來看，但各位要把它當作關係複詞也沒關係。也就是說 où 在「關係子句」之中，也經常扮演副詞的角色（請見 P.81）。接著來看例句吧。

吃晚餐

C'est le restaurant où j'ai dîné hier.

[sɛ lə rɛstɔrɑ̃ u ʒɛ dine jɛr]

這是我昨天吃晚餐的那間餐廳。

dîné 原形是 dîner 吃晚餐

日子

Je n'oublie pas le jour où j'ai rencontré Marie.

[ʒə nubli pa lə ʒur u ʒɛ rɑ̃kɔ̃tre]

我忘不了和瑪莉相遇的那一天。

oublie 原形是 oublier 遺忘

有沒有什麼問題？我聽到有人說「沒問題！」了。心情就像是被溫柔的雙臂擁抱。

EXERCICES 21

請在括弧內填入適當的關係代名詞。

植物　花

❶ **Quelle est cette plante (　　) les fleurs sont rouges?**

這些開出紅花的植物是什麼呢？

❷ **Regarde la femme (　　) marche avec Marie.**

看看和瑪莉走在一起的女子。

店　洋裝

❸ **C'est la boutique (　　) j'ai acheté cette robe.**

這是我買洋裝的店。

❹ **La femme (　　) vous cherchez n'est pas ici.**

你在找的女子不在這裡。

❺ **Montre-moi le livre (　　) tu m'as parlé.**

給我看你跟我談到的那本書。

❻ **J'ai visité la ville (　　) mon père est né.**

我探訪了父親出生的城市。

答案

① dont ② qui ③ où ④ que ⑤ dont ⑥où

在②，「關係子句」裡缺乏 → 主詞。在④，「關係子句」裡缺乏 → 直接受詞。

① 原本的名詞片語是 les fleurs de cette plante

③、⑥的先行詞是場所名詞。

⑤原本的動詞片語是 parler du livre。

mp3_22-1

22 強調語法&指示代名詞（C'est...）

表達「我喜歡的人是…」、「這不是我的…，而是她的」

強調語法

強調語法不論是在中文或是英文中都有，但特別在法語中可說是相當重要的。那是因為在法語中，使用強調語法的機會非常多。不過，用的次數過多也就表示，所表達的內容就比較稀鬆平常。因為與其每天都說 je t'aime，還不如一年說一次，不會顯得相當珍貴重要。（不過女人心就是每天都想聽到……）

那麼我們就開始吧。

首先從中文的練習開始。請看下面這個句子，句中文字標有底線以及 1～4 的編號，每個編號個別代表其強調的文字意義。請依照編號所強調的部分，分別造出 4 個句子看看。先用手把下面的答案蓋起來。

☆ 瑪莉 昨天 在尼斯見到了馬克。
1 2 3 4

答案是

(1) 昨天在尼斯，馬克見到的是瑪莉。

(2) 瑪莉在尼斯遇到馬克的時間是在昨天。

(3) 瑪莉昨天遇到馬克的地方是在尼斯。（經常犯錯！）

(4) 瑪莉昨天在尼斯遇到的人是馬克。

- 全部答對的人 ☞ 往 B 前進
- 只答錯一題，其他都沒問題的人 ☞ 對完答案後，往 B 前進
- 完全不太清楚的人 ☞ 往 A 前進

A 下面這個句子中，編號 1 強調的是「我」，所以下列編號 1 的句子便強調「是我」。

請將下列 1～4 的句子用中文唸出來，並注意所強調的對象。

我 明天要去台北跟瑪莉見面。

1　2　　3　　4

1・明天要去台北跟瑪莉見面的是我。

2・我去台北跟瑪莉見面的時間是明天。

3・我明天要跟瑪莉見面的地方是台北。

4・我明天去台北要見面的人是瑪莉。　　　OK嗎？

B 接下來把上一頁一開始的中文改寫成法文。（以下數字對應中文的語句。）

☆ **Marie a rencontré Marc à Nice hier.**

1　　　　　4　3　2

答案就像以下這樣。

(1) C'est　Marie　qui　a rencontré Marc à Nice hier.

(2) C'est　hier　que　Marie a rencontré Marc à Nice.

(3) C'est　à Nice　que　Marie a rencontré Marc hier.

(4) C'est　Marc　que　Marie a rencontré à Nice hier.

⬆

被強調的人／事物

法文部分就和剛剛中文的強調句一樣。

法語中的強調語法分為 2 種模式（(1)和(2)(3)(4)）。而這 2 種模式該如何分辨呢？其實很簡單。

(1)：C'est ＋（原句的）主詞 ＋ qui～.

(2)(3)(4)：C'est ＋（原句的）主詞以外 ＋ que～.

所謂的「原句」是指上面有☆記號的句子。看，只有在強調原句主詞 Marie 的時候，才和其它的句子結構不一樣吧。

最後還有一個重點，就是原句不論是現在式或是複合過去式式（或是未來式等等），強調語法的形態是不會變的。也就是說，不需要把 c'est 的部分改成複合過去式或其他時態。

請試著練習以下題目：

將 I love Mary 改成法文。 ➡ J’aime Marie.

改用強調語法強調 Marie。➡ C’est Marie que j’ame.

改成中文。 ➡ 「我喜歡的（人）是瑪莉。」

指示代名詞：表達「這個」「那個」「那（幾）個」

所謂的「指示代名詞」，用中文來說就是「這個」「那個」「那（幾）個」的意思。因為是代名詞的一種，所以會取代前面出現過的名詞。但其實並不光只是取代而已，而是還帶有「指示的功能」。就像「你眼前的這個」一樣。

現在將指示代名詞分成 2 類來看吧。（不知怎地，很愛分類啊～。）

這 2 個群組，也就是⑴形態會變化的群組，以及⑵不會變化的群組。說到形態的變化，各位可以想像得到嗎？相信各位已經是耳熟能詳了。（應該是。）

要來確認一下嗎？

就像上面所說的，因為這是「代名詞」，所以一定是代替某個「名詞」。譬如說，可以代替 livre（書：陽性單數），也可以代替 fleurs（花:陰性複數），對吧。而在代替這 2 個單字時，該單字是陽性名詞或陰性名詞，是單數或複數，都會使得代名詞在形態上產生變化（就像形容詞一樣，形容詞也會配合接續的名詞來產生變化，對吧。請參閱第 6 課 & 第 10 課）。

相對地，也有那種不論接什麼樣的名詞也不會產生變化的代名詞（只有 4 個）。沒錯，不管是陽性的「書」或是陰性的「花」，不管是一本書還是一千朵花，代名詞的形態不會變。那麼我們就接著來看這兩個群組的例子吧。

⑴形態會變化的指示代名詞

首先來看形態會變化的部分。請看表格。

	單數	複數
陽性	**celui** [səlɥi]	**ceux** [sø]
陰性	**celle** [sɛl]	**celles** [sɛl]

☜ 原形是「ce＋強調形（19 課）」，合體後而變短了。

在法語中，如果同樣的名詞要出現 2 次的話，一般而言就不會再重複那個名詞了。也就是說，法語不會說「這不是我的手機，是瑪莉的手機啦」，而是說「這不是我的手機，是瑪莉的（東西）啦」。

後者中的（東西），就是上面表格中要介紹的用法。我們把「手機」的例句改成法語看看吧。

～,c'est le portable de Marie.

行動電話

Ce n'est pas mon portable, c'est **celui** de Marie.
[s(ə) nɛ pa mɔ̃ pɔrtabl sɛ səlɥi də mari]

「portable 手機」是陽性單數名詞。所以依照這個表格來看，沒錯，就是用 **celui** 來取代。同樣的例句中若用「車子」來替換「手機」的話，就會變成如下的表達方式。

Ce n'est pas ma voiture, c'est **celle** de Marie.
[s(ə) nɛ pa ma vwatyr sɛ sɛl də mari]

「voiture」是陰性單數名詞，所以會用 **celle** 來取代。以上是形態會產生變化的情形。

※在上面表格中的單字裡，有時會加上「～-ci」「～-là」來區分「這個」和「那個」，但不是很多就是了。如下面的句子

Voilà deux robes; celle-ci est plus petite que celle-là.
[vwala dø rɔb sɛl si ɛ ply pətit kə sɛl la]

這裡有 2 件洋裝。這件比那件要來得小。

(2) **形態不會變化的指示代名詞**

剛剛已經說過了，這類型代名詞只有 4 個而已。來看一下吧。

ce	ceci	cela	ça
[sə]	[səsi]	[səla]	[sa]

其中的 ça 是在口語時用來取代 cela 的單字，所以事實上可以說只有 3 種而已。那麼我們就來看看這 3 個單字的使用方法吧。

◆ **ce 的使用方法：只和 être 連用**

用來指示眼前的人事物，可表示「這個」「那個」「那幾個」的意思。而所謂的不會變化，指的是只要對象是名詞，不論其「陰陽性」、「單複數」，什麼樣狀態的名詞都可以接。而且有時也可以接一件事情。這個 ce 呢……

☞ **會和動詞 être 一起變成 c'est 或 ce sont。**

這個莫非是……？沒錯，這個是在很久以前就學過的東西了，就在第 4 課的時候！

簡單的
C'est facile！　那個很簡單！
[sɛ fasil]

△C'est 可用來表示「這個是」或「那個是」。請依照情況來選擇。

不過當然，C'est 在上一個文法重點「強調語法」中也會使用。而在這裡有 2 個要注意的重點。那就是，ce 對 être 可是很專情的，除了 être 以外的動詞，ce 連看都不看一眼！也就是說，ce 的動詞只有 être 而已。

再來就是 ce sont。當 ce 後面要接複數名詞時，就會變成 ce sont。但是在對話中，卻經常用 c'est 來表達。要記得喔。

※ ce 有時也會變成關係代名詞的先行詞。

這相當於英文的「the thing(s)」的意思。用中文來說，就像是「～這個東西・～這件事情」。（但這是比較高級的使用方法。）

真的
Ce que je dis est vrai.　我說的事情是真的。
[sə kə ʒə di ɛ vrɛ]

（＝The thing which I say is true.）

◆ **ceci, cela, ça 的使用方法**

就如同剛才所說的，ça 是在口語中取代 cela 的單字，所以在這裡就以 ceci 和 cela 為重點來說明吧。

ceci ＝這個，**cela** ＝那個
[səsi] [səla]

Ceci est pour moi et **cela** est pour toi. 這個是我的，那個是你的。
[səsi ɛ pur mwa e səla ɛ pur twa]

可是，有時候「這個」和「那個」並非有對立的關係。此時，就經常會使用 cela。這裡的 cela 也不一定是有「那個」的意思。翻成「這個」「那個」都可以。

Donnez-moi ***cela***.（＝Donnez-moi ***ça***.） 請給我那個。
[dɔne mwa səla dɔne mwa sa]

已經要結束了。像「指示代名詞」這種平常非常頻繁使用的表達，要很專研地探討是很麻煩的事情。不過基本就像上面所說的，剛開始先學到這裡就很足夠了。

EXERCICES 22

1. 請在括弧內填入適當的語句，將底線部分寫成三種強調的句子並翻譯。

◇ Gildat a acheté ce portable à Taipei.
(1) Gildat (2) ce portable (3) à Taipei

❶ (　　) Gildat (　　) a acheté ce portable à Taipei.
❷ C'est (　　　　) que Gildat a acheté à Taipei.
❸ (　　) à Taipei (　　) Gildat a acheté ce portable.

2. 請在 (　　) 填入適當的指示代名詞。

❶ Ce ne sont pas mes CD. Ce sont (　　) de Michel.
❷ Voilà mon ordinateur. (　　) de Marie est sur la table.
❸ J'aime ces chaussures mais je préfère (　　) -là.

答案
1. ① C'est / qui ……在台北買了這個手機的人，是 Gildat。（強調主詞）
② ce portable ……Gildat 在台北買的東西，是這個手機。
③ C'est / que ……Gildat 買了這個手機的地方，是在台北。
2. ① ceux ② Celui ③ celles

代動詞（Les verbes pronominaux）

英國人說「睡覺」，法國人卻要說「使自己睡」

各位都知道吧，我們常常在說的「國小」、「國中」、「高中」，其實原本的名稱是「國民小學」、「國民中學」、「高級中學」。所以「國小」、「國中」、「高中」其實都是簡稱。這跟本課有什麼關聯呢？

相信觀察力敏銳的各位，應該已經知道為什麼我會提到這個了吧。沒錯，因為接下來要談到法語的「代動詞」，而「代動詞」其實也是個簡稱。也就是說，

★ 代動詞＝伴隨反身代名詞的動詞

就是這樣。

嗯？「反身代名詞」？那是什麼？開什麼玩笑啊，第一次聽到這玩意兒！

……那我們就從「反身代名詞」開始介紹吧。

反身代名詞是什麼？

下面這個英文例句有點恐怖，請多見諒。

He killed **himself**.　他自殺了。（←他殺了（他）自己。）

例句中的 himself（他自己），就是所謂的「反身代名詞」。

這個反身代名詞的第 1 個特徵就是「和主詞是同樣的人／物」。

請再看一次例句。……對吧，himself 和主詞 he 所指的是同一個人。所以才會翻譯成「他殺了自己」。當然不限於主詞是「他」的情況而已，從「我」到「她們」，不管是什麼樣的情況下，都可以用反身代名詞。

所謂「反身」指的就是這個意思。

那麼第 2 個特徵就是，「反身代名詞可以當作直接受詞或間接受詞使用」。懂嗎？如果懂了的話，那真是太棒了。可能在第 17、18 課的時候有很用心地念喔。Merci bien♥

但是呢，這裡的確還是有點難懂。之後我們再來說明吧。

所謂的代動詞是什麼？

光說好聽的也沒意思，對吧。總之我們就用例子來看看代動詞，下面是用來表達「睡覺」的代動詞。

mp3_23-1

se coucher [s(ə) kuʃe]

je [ʒ(ə)	**me** m(ə)	couche kuʃ]	nous [nu	**nous** nu	couchons kuʃɔ̃]
tu [ty	**te** t(ə)	couches kuʃ]	vous [vu	**vous** vu	couchez kuʃe]
il [il	**se** s(ə)	couche kuʃ]	ils [il	**se** s(ə)	couchent kuʃ]
elle [ɛl	**se** s(ə)	couche kuʃ]	elles [ɛl	**se** s(ə)	couchent kuʃ]

couche 這部分是動詞， me, te, se 等等的部分則是反身代名詞。而有一個重點就是，代動詞的原形是寫作 se coucher（查辭典時，首先要查 coucher，在按順序看下去的話就會找到 se coucher 了）。

那麼在這裡，為什麼這個代動詞會有「睡覺」的意思呢，讓我來說明一下吧。

首先，coucher 是「-er 動詞」表示「使…睡覺」的意思。舉例來說：

(1) Pierre **couche** son bébé（嬰兒）. [kuʃ sɔ̃ bebe]　　Pierre 哄嬰兒睡覺。

就像這樣使用。而把這個句子中的「son bébé 嬰兒」部分改成代名詞「他」來改寫整句的話，會變成怎樣呢。各位請寫看看……

有靈感嗎？提示就在第 17 課（97 頁）。請參閱之後再嘗試看看。

對吧，只要用 le 就可以了，要放在動詞前面。

(2) Pierre le **couche**. [l(ə) kuʃ]　　Pierre 哄他睡覺。（le 在這裡指 bébé）

沒問題吧？到目前為止是第 1 階段。

那麼接下來，我們來思考看看「Pierre 本人要睡覺」時的情況吧。也就是寫出「Pierre 要睡覺」這個句子。

但是呢，在法語中竟然沒有一個表示「睡覺」的單字！那就沒有辦法用法語說「Pierre 要睡覺」了嗎？當然不會囉。因為這樣會睡眠不足啊……

還是要來用 coucher 這單字。

使用這個動詞來表達「Pierre 使 Pierre 睡覺⬅如下面例句(3)」的話怎麼樣，或者使用代名詞來表達「Pierre 使他睡覺⬅如下面例句(4)」怎麼樣呢？來試試看吧。

(3) Pierre **couche** Pierre. [kuʃ]　　Pierre 使 Pierre 睡覺。

(4) Pierre le **couche**. [l(ə) kuʃ]　　Pierre 使他睡覺。（這裡的 le 是指誰？）

乍看之下好像稍微有看懂。不過稍等一下喔。

例句(4)和上面的例句(2)是一模一樣的。這樣子對嗎？嗯～～，這真傷腦筋啊！

可是，各位是如此的冰雪聰明，一定已經知道該怎麼解決了吧？沒錯，這裡就輪到代動詞登場了。

在表達「Pierre 使他睡覺」（不說清楚「他」是誰）的情況下，以法文的邏輯來思考，其實可能會有 2 種意思。也就是說，

(a) Pierre 使他（＝不是自己本人。譬如嬰兒）睡覺。

(b) Pierre 使他（＝Pierre 自己）睡覺。

那我們來說結論吧。分別把(a)、(b)改成法語的話，就會變成下面這樣。

(a) Pierre *le* couche. [l(ə) kuʃ]

(b) Pierre *se* couche. [s(ə) kuʃ]

以上這兩句當然都是文法正確的完整句子。這兩者的差別是，要表達的受詞和主詞相同時（都是 Pierre），就會使用反身代名詞（即句中的 se），也就是代動詞。在不相同的情況時，就會使用普通的直接受詞（即句中的 le）（請見第 17 課），也就是例句(2)的情形。當然，不只適用於「他」而已，「我」「他們」「她們」的情況也一樣。但在例句(4)，可以看到主詞與受詞是代表不一樣的人，所以要表示同一個人，就要用像是例句(b)的方式。

順帶一提，「我」或「你」的情況又是如何呢？請試著練習看看，請參照 97 頁的表格，試著用法文寫出「我使我睡覺」這個句子。

完成了嗎？是 Je me couche.，對吧。那麼，順便練習寫出「你使你睡覺」的句子吧，請參照表格喔。

這次是 Tu te couches. 喔。有沒有發現，現在寫好的這 2 個句子，跟本課一開始 se coucher 動詞變位表中 je 和 tu 的動詞變位寫法是相同的。沒錯，代名詞部分唯一會跟 97 頁表格不同的地方只有第 3 人稱的部分而已。

※ 可是為什麼第 1 和第 2 人稱會和 17 課的表格一樣，而只有第 3 人稱不同呢？

請參考下面這一個只寫出反身代名詞的表格。然後和右側的表格做比較。

我們知道，就直接受詞與反身代名詞來說，me, te, nous, vous 都是拼字一樣的單字。但只要想一下也知道是理所當然的。譬如說，在「我使我睡覺」的情況下，主詞「我」和受詞「我」不可能是不同人吧。而只有在第 3 人稱時，像是要表達「他使他睡覺」時，主詞「他」和受詞「他」兩者有可能是不同的人。因為很多人都可以被叫作「他」（例如「小強」「小白」「瑪莉」等），但「我」和「你」很明確只會有 1 個而已。

			反身代名詞		17 課・直接受詞		18 課・間接受詞	
			單	複	單	複	單	複
[m(ə)]	[nu]	=	me	nous	me	nous	me	nous
[t(ə)]	[vu]		te	vous	te	vous	te	vous
[s(ə)]	[s(ə)]		se	se	le	les	lui	leur
[s(ə)]	[s(ə)]		se	se	la	les	lui	leur
			「使（自己）」		「將～」「把～」		「對～」	

文法重點 否定句、疑問句、命令式

首先從否定句開始。

je	**ne**	me	couche	**pas**	nous	**ne**	nous	couchons	**pas**
[ʒ(ə)	n(ə)	m(ə)	kuʃ	pa]	[nu	n(ə)	nu	kuʃɔ̃	pa]
tu	**ne**	te	couches	**pas**	vous	**ne**	vous	couchez	**pas**
[ty	n(ə)	t(ə)	kuʃ	pa]	[vu	n(ə)	vu	kuʃe	pa]
il	**ne**	se	couche	**pas**	ils	**ne**	se	couchent	**pas**
[il	n(ə)	s(ə)	kuʃ	pa]	[il	n(ə)	s(ə)	kuʃ	pa]
elle	**ne**	se	couche	**pas**	elles	**ne**	se	couchent	**pas**
[ɛl	n(ə)	s(ə)	kuʃ	pa]	[ɛl	n(ə)	s(ə)	kuʃ	pa]

用字母來說明的話，就是用 ne～pas 包住「反身代名詞＋動詞」。但其實只要把它當作像是順口溜一樣來記住就可以了。譬如說像是「je ne me couche pas」。再來就只要把 je 或 me 的部分改寫，讓動詞產生變位就可以了（和第 99 頁的 je ne t'aime pas.是一樣的喔）。

再來就是疑問句了。

疑問句有 3 種類型，對吧（在第 9 課）。其中①根據音調的方式，跟②使用 Est-ce que 的方式這兩者，就算是換成代動詞也不會產生變化。如果把「你要睡覺。」改成疑問形的話，就會變成這樣。

Vous vous couchez.

① Vous vous couchez?
[vu vu kuʃe]

② Est-ce que vous vous couchez?
[ɛs k(ə) vu vu kuʃe]

再來就是③的倒裝方式了。會像這樣子。

③ Vous couchez-vous?
[vu kuʃe vu]

首先要把主詞和動詞倒裝。 ☞（couchez-vous）

接下來把反身代名詞放在動詞的前面。 ☞（vous couchez-vous）

再加上“？”就完成了！ ☞（Vous couchez-vous?）

※注意：不要想成「把反身代名詞放在句子開頭」比較好，而應該是，反身代名詞是在動詞的前面。

試著把主詞做些改變看看。只有在「他要睡覺嗎？」的句子中，才有 -t- 在裡頭。理由請看第 57 頁。

（je 的部分不適用。）	Nous couchons-nous? [nu kuʃɔ̃ nu]
Te couches-tu? [t(ə) kuʃ ty]	Vous couchez-vous? [vu kuʃe vu]
Se couche-t-il? [s(ə) kuʃ til]	Se couchent-ils? [s(ə) kuʃ til]

接下來是命令式。首先從肯定的命令式來看。記住，主詞會被省略。

couche-toi	**couchons-nous**	**couchez-vous**
[kuʃ twa	[kuʃɔ̃ nu]	[kuʃe vu]
去睡	（我們）去睡覺吧	（你們）去睡覺

受詞是在動詞的後方。而且 te 變成了 toi。這和第 17 課「直接受詞」命令式的情況是一樣的。（請見 101 頁）

接著來看否定的命令式。這邊是用一般的語順，

ne te couche pas	**ne nous couchons pas**	**ne vous couchez pas**
[n(ə) t(ə) kuʃ pa]	[n(ə) nu kuʃɔ̃ pa]	[n(ə) vu kuʃe pa]
不要睡	（我們）別睡了	（你們）別睡著了

因為代動詞用在命令式的頻率相當地高，所以請不要跳過這裡，記得要發出聲音反覆練習喔。（本單元的最後有整理「代動詞的命令式」！）

代動詞的 4 種使用方式

代名動詞的使用方式分成 4 種，但是在這裡先不用全部都記住也沒關係。請先把例句中的動詞用法記住就好了。

(i) 反身的用法：用來表達「使自己做～」「對自己做～」

所謂「反身」這個詞彙，在英文的文法用語中應該有聽過，不過應該也不是很清楚這是什麼吧。請把它想成是一開始看到的 He killed himself.這類句子就可以了。下面還有一個例子。

Elle se lave. 她洗澡。（← 她洗自己。）　　・原形是 **se laver**
[ɛl s(ə) lav]

這和英文的 She washes herself. 很相似。當然在法文的情況下，反身代名詞（受詞）se 是會放在動詞的前面。

(ii)相互用法：用來表達「互相做～」→主詞永遠是複數

表示「互相做～」「彼此做～」的代動詞，因為是「互相」，所以主詞一定會是兩個人的複數形。

Ils se regardent.　　他們相互凝視。（← 他們彼此對看。）
[il s(ə) rəgard]
・原形是 **se regarder**

此外，Ils se téléphonent. Ils s’embrassent. Ils s’aiment. 分別表示「他們彼此在講電話。」「他們親吻著對方。」「他們彼此相愛。」的意思，特別是在情人之間。

(iii) 被動的用法 → 主詞永遠是事物

這個用法在意義上，和英文的被動式是沒有差別的，也就是「被～」的意思（法文也有被動式，請參閱第 28 課）。但在法語的文法上，代動詞的被動用法，只能夠使用在當主詞是事物的情況下。舉例來說：

Le français se parle à Tahiti. 在大溪地是說法語的。
[lə frɑ̃sɛ s(ə) parle a taiti]

・原形是 **se parler**

（如果是英文的話就是 French is spoken，會變成普通的被動式。）

(iv) 固定以代動詞形態來使用的動詞

先看例句。

Vous vous souvenez de votre enfance? 你記得小時候的事情嗎？
[vu vu suv(ə)ne d(ə) vɔtr ɑ̃fɑ̃s]

・原形是 **se souvenir**

在這裡，與其看用法的差異，不如看動詞性質的差別。這句 se souvenir de~（記得～），和上面的(i)～(iii)的動詞之間有很明顯的差異。那就是……

譬如說，例句(ii)的代動詞是 se regarder（互相凝視），但 regarder 本身是有意義的，也就是「看」的意思，不需要以代動詞的形態就可以使用了，對吧。而，(i)的 se laver 和 laver（洗），以及(iii)的 se parler 和 parler（說話）也是一樣的道理。

但就 se souvenir 的情況來說，沒有 souvenir 這個普通動詞的存在單獨 souvenir 一個單字是無法使用的，一定要以代名動詞 se souvenir 的形態才會有意義。

(iv)這一類的代動詞，除了上面的 se souvenir 之外，像是 se moquer de~（嘲笑～）或是 se rendre（去～）都是其中的例子。

代動詞的複合過去式

在這裡，我們來說明一下代動詞的複合過去式吧。老實說，這對各位來說可能有點難。可以說是在本書中最難的地方吧。所以……，我們先跳過比較難的部分。不過，就只有下面這兩個句子，請各位稍微看一下。

Je me suis couché tard.（suis：être；tard：晚）我很晚睡。
[ʒ(ə) m(ə) sɥi kuʃe tar]

Je **ne** me suis **pas** couché tard. 我沒有很晚睡。
[ʒ(ə) n(ə) m(ə) sɥi pa kuʃe tar]

代動詞使用複合過去式（變位規則請見第 114 頁）時，其動詞是 être，而語順就像例句這樣。分別把這兩句唸個 20 遍就可以結束了。無所畏懼的你，請繼續唸下去。我會鉅細靡遺地說明代動詞的複合過去式！

注！意 ！注！意！這！裡！開！始！很！難！注！意！注！意！

什麼？你確定準備好想來瞭解代動詞的複合過去式了嗎？呼呼，受傷了我也不管喔，baby。

那麼首先，請先回想下面這個句子，也就是例句(1)。

(1) Elle se lave. 她洗澡。（← 她洗自己。）
[ɛl s(ə) lav]

其實和這個很像的例句，還有這一個。

(2) Elle se lave les mains.
[ɛl s(ə) lav le mɛ̃]
她洗手。（← 她洗自己在雙手的部分。）

好，請先看看(1)和(2)這兩句的複合過去式。兩句的原形都是 se laver。

mp3_23-3

(1)				(2)					
Je	me	suis	lavé(e).	Je	me	suis	lavé	les	mains.
Tu	t'	es	lavé(e).	Tu	t'	es	lavé	les	mains.
Il	s'	est	lavé.	Il	s'	est	lavé	les	mains.
Elle	s'	est	lavée.	Elle	s'	est	lavé	les	mains.
Nous	nous	sommes	lavé(e)s.	Nous	nous	sommes	lavé	les	mains.
Vous	vous	êtes	lavé(e)(s).	Vous	vous	êtes	lavé	les	mains.
Ils	se	sont	lavés.	Ils	se	sont	lavé	les	mains.
Elles	se	sont	lavées.	Elles	se	sont	lavé	les	mains.

怎麼樣？有發現一個很大的差別嗎？沒錯，就是過去分詞的 lavé。在(2)的部分，lavé 都很整齊，沒有任何變化，但在(1)的部分卻是錯綜複雜。這到底是為什麼呢？

先來說結論吧。其實在(1)的情況下，過去分詞的 lavé 是會和反身代名詞（受詞）的性質・數量一致的！

我說過了，可能會受重傷的。不過既然都來了，就不會讓你回去了。

不過為什麼原形都是 se laver，卻會產生這樣的差異呢？嗯？(2)的部分是因為有加上 les mains 嗎？嗯，這個的確是會有影響的。

但其實最大的差異是在 se 的部分。(1)和(2)的兩個 se 雖然乍看之下都一樣，其實是不同的東西。一開始的文法重點所講的「反身代名詞」其實有第 2 個特徵，就是以下這一句。

反身代名詞可以當作「直接受詞」，也可以當作「間接受詞」。

如何？看懂了嗎……？

沒錯，(1)例句（也就是過去分詞字尾有很多變化者）中的 se 就是直接受詞。相對地，(2)例句中的 se 則是間接受詞。

就(2)的情況來說，直接受詞是「手」。也就是「對『手』做……」的意思。順帶一提，在法語中沒有 Elle lave ses mains.「她洗她的手。」這種說法。

稍微作個整裡吧。在這裡提到的重點有兩個。

◎反身代名詞中有 2 種看起來一樣但作用不同的類型。（直接受詞和間接受詞）

◎只有在反身代名詞當作直接受詞使用時，過去分詞才會根據直接受詞的性質・數量產生一致性。

正因為這樣，在上面(1)、(2)複合過去式的變位中，過去分詞的形態才會有這麼大的差異。普通的複合過去式（請參閱第 20 課）在助動詞是 être 的情況下，主詞和過去分詞會一致。而在這裡，(1)部分中的直接受詞和過去分詞也都會跟主詞一致的。對吧。嗯～厲害唷 ！

喔？你還在念嗎？了不起！送你一個法語文法小常識來當作獎賞。那就是，現在就來瞭解 2 種反身代名詞和 4 種用法（上一個文法重點）的關係。

在法語中，用於「被動用法」與「固定用代動詞形態的用法」時，反身代名詞會被視為直接受詞。也就是說，這兩者會產生主詞與過去分詞的一致性囉。

所以就只有在(i)反身的用法和(ii)相互用法的情況下，才需要考慮這個反身代名詞是屬於哪一種用法。而就像上面「洗手」的例句一樣，如果出現了「手」這個直接受詞存在的話，反身代名詞就變成間接受詞。而如果沒出現其它像是「手」這個單字時，反身代名詞被視為直接受詞的機率就很高了。但這也並非一定的喔。

舉例來說，在(ii)用法中出現的 Ils se téléphonent，原本的形態是 téléphoner à＋人（打電話給某人）。因為 se 等於是（à＋人）的部分，所以在這裡 se 就是間接受詞（因為意思是「給某人」，而在受詞「人」前面還有介係詞 à。有介係詞的話就是間接受詞了，對吧）。也就是說，只要從原本的動詞來判斷就可以了。

還在努力嗎？真是太了不起了！給一直努力到現在的您，送上熱騰騰的香吻（不可退貨）。

EXERCICES 23

請練習活用下列的代動詞。並在括弧內填入適當的形態。

❶ se coucher: Nous (　　　)(　　　) tard.

我們很晚睡。

❷ s'aimer: Vous (　　　)(　　　)?

你們彼此相愛嗎？

❸ se trouver（存在）: Cet oiseau（鳥）ne (　　) trouve (　　) ici.

那隻鳥不在這。

❹ se souvenir: Tu (　　)(　　　) de ta grand-mère?

你記得奶奶的事情嗎？

❺ se laver: Elles (　　)(　　　) les mains.

她們洗手。

答案

① nous couchons ② vous aimez ③ se / pas ④ te souviens ⑤ se lavent

★要命令「你們」喔！ 代動詞（依用法分類）

i) **se dépêcher**
[s(ə) depɛʃe]
趕緊
Dépêchez-vous.
[depɛʃe vu]
你們快一點。

se lever
[s(ə) ləve]
起來
Levez-vous.
[ləve vu]
你們（站）起來。

se réveiller
[s(ə) reveje]
醒來
Réveillez-vous.
[reveje vu]
你們起來／醒來。

iv) **s'asseoir**
[saswar]
坐下
Asseyez-vous.
[aseje vu]
你們坐下。

se servir
[s(ə) sɛrvir]
自己拿（料理等）
Servez-vous.
[sɛrve vu]
你們自己去拿。

se taire
[s(ə) tɛr]
沉默
Taisez-vous.
[tɛse vu]
你們安靜／閉嘴。

單純未來式（Le future）

表達「她說將會打給我。」

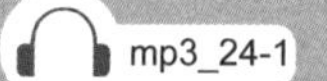

「未來」的法文是 avenir。我們可以看作「～à venir」，也就是「應該會來～」的意思，這樣的句型變成了一個名詞的意思。

未來到底準備了什麼樣的劇本在等待著各位呢？真是令人期待。

這堂課要上的是單純未來式。很簡單的。（好耶！）

「單純」是什麼？

各位，對「單純」這個詞彙有印象嗎？之前有出現過喔。

在第 20 課時，在說明複合過去式的 2 種動詞變化的時候提到過。當時有出現「單純」⟷「複合」這兩個組合，對吧。再列出一次相同的表格喔。

動詞變化類型	單純形	複合形
變化方式	動詞自己變化	和助動詞搭配
英文的例子	I went, you went	they have gone

想起來了嗎？這裡要講的就是「進行單純變化的未來式」。

那我們首先從「形態」開始，然後再看「使用方式」吧。

單純未來的形態

首先請看表格。

mp3_24-1

chanter [ʃɑ̃te] ——— 沒有例外！

			變位語尾	
je	chanter**ai**	[ʒ(ə) ʃɑ̃t(ə)rɛ]	－**rai**	[rɛ]
tu	chanter**as**	[ty ʃɑ̃t(ə)ra]	－**ras**	[ra]
il	chanter**a**	[il ʃɑ̃t(ə)ra]	－**ra**	[ra]
nous	chanter**ons**	[nu ʃɑ̃t(ə)rɔ̃]	－**rons**	[rɔ̃]
vous	chanter**ez**	[vu ʃɑ̃t(ə)re]	－**rez**	[re]
ils	chanter**ont**	[il ʃɑ̃t(ə)rɔ̃]	－**ront**	[rɔ̃]

一直說一樣的東西真是不好意思，動詞的變位是來自於「語幹＋變位語尾」。而在單純未來式時，變位語尾只有一種，而且沒有例外！沒有例外聽起來很棒吧。

也就是說，只要把語幹搞定就好了。那我們接著就按原形語尾不同的來一個一個看吧。總共有 4 種。

語幹的作法

－**er**	：je 的現在式變位會直接變成語幹。	ex. je chante [ʒ(ə) ʃɑ̃t]	→ je chanter**ai** [ʒ(ə) ʃɑ̃t(ə)rɛ]
－**ir**	：從原形中去掉語尾的 r 而成語幹。	ex. finir [finir]	→ je fini**rai** [ʒ(ə) finirɛ]
－**re**	：從原形中去掉語尾的 re 而成語幹。	ex. prendre [prɑ̃dr]	→ je prend**rai** [ʒ(ə) prɑ̃drɛ]
－**oir**	：從原形中去掉語尾的 oir 而成語幹。（-oir 結尾的動詞有很多例外！）	ex. devoir [dəvwar]	→ je dev**rai** [ʒ(ə) d(ə)vwarɛ]

△ 特殊的變化（語幹也是有例外的）。寫下來吧！

être → [ɛtr]

je	**serai**	[ʒ(ə) s(ə)rɛ]
tu	**seras**	[ty s(ə)ra]
il	**sera**	[il s(ə)ra]
nous	**serons**	[nu s(ə)rɔ̃]
vous	**serez**	[vu s(ə)re]
ils	**seront**	[il s(ə)rɔ̃]

avoir → [avwar]

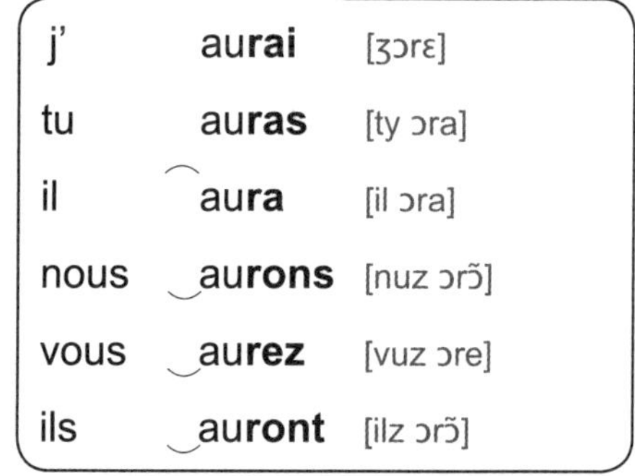

j'	**aurai**	[ʒɔrɛ]
tu	**auras**	[ty ɔra]
il	**aura**	[il ɔra]
nous	**aurons**	[nuz ɔrɔ̃]
vous	**aurez**	[vuz ɔre]
ils	**auront**	[ilz ɔrɔ̃]

aller [ale] → j'**irai**,…… [ʒirɛ]

venir [v(ə)nir] → je vien**drai**,…… [ʒ(ə) vjɛ̃dre]

faire [fɛr] → je **ferai**,…… [ʒ(ə) f(ə)rɛ]

pouvoir [puvwar] → je pour**rai**,…… [ʒ(ə) purɛ]

雖然看到有例外的狀況會很討厭，不過其實只有語幹而已，而且才 6 個而已（語尾是沒有例外的，對吧）。只要 5 分鐘，5 分鐘集中精神背起來吧！

先預告一下，其實單純未來式的語幹，也可以用在其他地方的動詞變位，在第 30 課會介紹。現在把例外的狀況也記下來，到時候也會比較輕鬆。這樣也就一石二鳥了。

使用方式

單純未來式的使用方式非常簡單，指的就是未來的事情而已。

Elle viendra demain（明天） matin（早上）. 她明天早上會來。
[ɛl vjɛ̃dra d(ə)mɛ̃ matɛ̃]

主詞是「我（們）」的時候，也可以翻成「打算～」。

Nous partirons à trois heures. 我們打算 3 點出發。
[nu partirɔ̃ a trwaz œr]

主詞是第 2 人稱（「你（們）」「您」）時，有時也可當作和緩的命令式來使用。

Tu me téléphoneras ce soir. 你今晚要打給我喔。
[ty m(ə) telefɔn(ə)ra s(ə) swar]

真想要聽到這種命令式耶！

EXERCICES 24

請將括弧內的動詞原形改成單純未來式。

❶ **Je (dîner) avec François ce soir.**

今晚打算和富蘭索瓦一起吃晚餐。

遲到

❷ **Marie ne (être) pas en retard.**

瑪莉不會遲到。

❸ **Il (faire) beau demain.**

明天會是好天氣。

❹ **Vous (venir) demain?**

你們明天要過來嗎？

❺ **Nous (aller) à la mer cet été.**

我們打算今年夏天要去海邊。

❻ **Elles ne (pouvoir) pas venir.**

她們將不會來。

❼ **Je (se coucher) tôt ce soir.**

我打算今晚早點睡。

❽ **Tu (avoir) le temps cet après-midi?**

今天下午有空嗎？

答案

① dînerai ② sera ③ fera ④ viendrez ⑤ irons ⑥ pourront ⑦ me coucherai ⑧ auras

③表達天候「非人稱表達（15課）」的單純未來式。⑥不規則的變化。

特殊代名詞 en

（用一個字代替已經說過的話）

這樣拼命地唸下來，不知不覺就已經 25 課了！已經要進入到最後的直線衝刺區了。好，就這樣一路衝刺到終點吧。

其實這個第 25 課和第 26 課是屬於同一種文法重點。只是因為全塞在一課裡會變得太長所以才分成 2 個單元。

開始來學 en 吧。

「特殊代名詞」這個稱呼似乎有點難，但其實只要把 en 的使用方式學起來就好了。雖然這個單字的確有點麻煩，但也只有一個而已。沒什麼好害怕的（在有些教科書中會寫作「中性代名詞」。

在進行具體的說明之前，我先寫出這堂課的整體構成。en 的使用方式分成 5 類。

因為 en 是「代」名詞，所以分法就是看它是「代替什麼」了。沒錯，我們就來看 en 到底代替的是什麼東西吧。

❶ 取代＜de＋～＞
- (a)「～」意指場所 → 表示「來自於～」
- (b)「～」意指物體

❷ 取代**不特定的名詞**
- (a) 不定冠詞 ＋名詞
- (b) 部分冠詞 ＋名詞
- (c) 數量詞＋名詞

覺得好像有點難嗎？說真的，的確不簡單。而捷徑就是，首先請仔細看上面的圖表，❶跟❷各分成(a)、(b)、（還有(c)）。請先把這個圖表清楚地記下來，之後再慢慢地一個個去理解。

◇ en 這個「特殊代名詞」的特殊性

在進入主題之前，先來說明一下它是如何「特殊」吧。

代名詞就是代替名詞的對吧。不過，現在要看的 en 或是下一堂課的 y 或 le，都不只是單純代替名詞而已。也可以取代副詞，有時連形容詞都可以取代喔！其實還真想把它叫做「代副詞」或是「代形容詞」呢。沒錯，這就是它特殊的地方。

還有一個地方就是，除了肯定命令式之外，只要是現在式的句子，en, y, le 就會放在動詞的前面。（複合過去式的句子則會放在助動詞的前面）。而不管是何者，使用方法都是一樣的。請用例句來確認看看喔。

用 en 取代＜de＋～＞

這個❶的 en，會取代＜de＋～＞。

而這個「～」如果是「場所」的話就是用(a)的用法，不是場所的「東西」的話就是用(b)的用法。

在取代＜de＋～＞的時候，就像最前面所說的，這已經不是代「名詞」了。用英文來說的話，就像是用一個單字來取代「from 名詞」或「of 名詞」的感覺。

一個個看下去吧。

(a) 取代「de＋場所」（來自於（場所））

使用這個句型時，de 永遠都會是「來自於～」的意思，也就是相當於英文的 from。

——假設你從台北來到巴黎。而有人對你這樣問：

Vous venez de Taïpei?　　請問您是從台北來的嗎？
[vu v(ə)ne d(ə) taipɛ]

當然，用 Oui, je viens de Taïpei 這種普通的回答也是可以的。可是如果你想要答得又短又簡單的話，就可以使用下面這句。

Vous venez ***de Taïpei***?　　請問您是從台北來的嗎？
[vu v(ə)ne d(ə) taipɛ]

－Oui, j'***en*** viens.　　－是的，我從那裡來的。
[wi ʒɑ̃ vjɛ̃]

（Oui, je viens ***de Taïpei***.）

de Taïpei 變成了 en。而台北當然是場所囉。也就是說：

「來自台北」變成→「從那兒來」。

(b) 取代＜de＋事物＞。

像這種情況，因為 de 有各種意思，所以翻譯也沒有一定的準則。請看下面 2 個例子。（第 1 個例句的時態是「複合過去式」。請注意 en 的語順）

Elle a parlé ***de ce film***?　　她有提到關於那部電影的事情嗎？
[ɛl a parle d(ə) s(ə) film]

—Oui, elle ***en*** a parlé.　　－有，她有提到。
[wi ɛl‿ɑ̃ na parle]　　**（en 放在助動詞的前面）**

（Oui, elle a parlé ***de ce film***.）

Il est content ***de ce résultat***?（滿足的／結果）　　他對那個結果感到滿意嗎？
[il‿ɛ kɔ̃tɑ̃ d(ə) s(ə) rezylta]

—Oui, il ***en*** est content.　　－是的，他很滿意。
[wi il‿ɑ̃ nɛ kɔ̃tɑ̃]

（Oui, il est content ***de ce résultat***.）

這邊有點不是很容易，對吧。

就像上面（　）裡的內容一樣，要重複對方的話來回答也是「完全可以的！」。只是想要避開語句重複，來簡短地回答的話，就可以使用 en。

上面的例句中所使用的 parler de～ 是「談論～」的意思。而「關於那部電影」則變成→「關於那個」。

下一個例句是être content de～，表達「對…滿意」的意思。只要使用 en 的話，就變得很簡潔有力了。請想成 en 裡頭有「de＋名詞」囉。

取代不特定的名詞

en 也可以取代「不特定的名詞」。「不特定的名詞」，聽起來雖然好像很難懂，但其實沒什麼大不了的。簡單來說，它就是「沒有定冠詞的名詞」的意思！很簡單吧？

而沒有附上「定冠詞」，那麼到底是附上什麼呢？沒錯，就是會附上 (a) 不定冠詞、(b) 部分冠詞、(c)數量的表達（實際在使用名詞時，前面都是會附上些冠詞。請見第 1 課）。

其實 en 所取代的這些「不特定名詞」，還有一個很大的共通點。

它們都是「直接受詞」（請參閱第 17 課）。沒錯，不管名詞有沒有附上不定冠詞，只要是主詞的話，en 都是不能取代的。en 只取代「直接受詞」而已。（請見 Q & A 24）。

接著就照著上面 (a)～(c) 的順序來看這個情況吧。

※ 指示形容詞或是所有格形容詞，和定冠詞是一樣的，具有將名詞「特定化」的性質。假如有人說「不准對我的女人動手！」，這個名詞「女人」就已經被「特定化」了，對吧。所以在使用這類型的名詞時，en 是無法取代的。

(a) 取代「不定冠詞（des）＋名詞」

「不特定」的代表。來看例句。

Vous avez ***des enfants***? 您有孩子嗎？
[vuz‿ave dez‿ɑ̃fɑ̃]

－Oui, j'***en*** ai. －有，我有。
[wi ʒɑ̃ nɛ]

（Oui, j'ai ***des enfants***.）

順帶一提，如果沒有小孩的話，

－Non, je **n'en** ai **pas**. －不，我沒有。
[nɔ̃ ʒ(ə) nɑ̃ nɛ pa]

請反覆練習喔。

(b) 取代「部分冠詞（du, de la）＋名詞」

這個跟(a)沒什麼差別。假設有個貌似布萊德彼特的型男正邀妳喝杯葡萄酒。想要讓自己喝醉的妳，請用以下例句。

Vous voulez encore ***du vin***? 要不要再喝點葡萄酒呢？
[vu vule ɑ̃kɔr dy vɛ̃]

－Oui, j'**en** veux. －好，我想要。
[wi ʒɑ̃ vø]

（Oui, je veux **du vin**.）

可是，如果不想喝的話又該怎麼說呢？

－Non, je **n'*en*** veux **pas**. －不，我不想要。
[nɔ̃ ʒ(ə) nɑ̃ vø pa]

拒絕人家以後，馬上再露出天使般的微笑，附上一句 Merci 的話，布萊德彼特的眼睛也一定會變成心形的。

(c) 取代「數／量的表達＋名詞」

接著列出「數字（un, deux, trois...）＋名詞」跟「量的表達＋名詞」兩者的例句喔。

Combien de frères avez-vous? 您有幾個兄弟呢？
[kɔ̃bjɛ̃ d(ə) frɛr ave vu]

—J'***en*** ai ***deux***. 一有 2 個。
[ʒɑ̃ nɛ dø]

（J'ai **deux frères**.）

Il y a encore ***du café***? 還有咖啡嗎？
[il i ja ɑ̃kɔr dy kafe]

－Oui, il y ***en*** a ***beaucoup***. 有，有很多。
[wi il i jɑ̃ na boku]

（Oui, il y a **beaucoup de café**.）

看完三個用法與例句之後，會發現(c)和(a) (b)有點不一樣，對吧？

用法(c)的 en 也是取代「不特定的名詞」（deux frères, beaucoup de café），和(a)(b)不同的地方是，雖然使用了 en 來取代「數／量的表達＋名詞」，但 deux 或 beaucoup 並沒有被取代，反而是留下來了。那是因為，在「數詞／量詞的表達」中包含了特殊的意義（例如例句中的「2 個」或「很多」），而這部分必須要留下來，才能傳達出明確的內容。所以如果有遇到數字或數量的表達時，記得要把那部分留下來喔。

那麼，本課就告一段落了，我們第 26 課「特殊的代名詞 y 和 le」再見囉。

EXERCICES 25

請使用 en 作答。（可能有點難喔！）

❶ **Vous venez de Nice?** 您來自於尼斯嗎？
－是的，我從那裡來的。

____

❷ **Elle a parlé de son voyage en France?**
她有談到她的法國之旅嗎？
－有，她有提到。

____

❸ **Combien de sœurs avez-vous?** 您有幾位姊妹呢？
－有 3 位。

____

答案
① Oui, j'en viens. ② Oui, elle en a parlé. ③ J'en ai trois.

Q24

本課在第 2 個文法重點中提到說，en 可以取代「直接受詞」中的「不特定的名詞」，這個「不特定的名詞」=「沒有加上定冠詞的名詞」，對吧？這個已經瞭解了。那麼，如果當直接受詞是「有加上定冠詞」的情況時，又該怎麼處理呢？

還有，無法加上定冠詞的情況，像是人名「保羅」或「蘇菲」，照道理說也應該算是特定的對象，對吧？那麼這些也不能用 en 來取代嗎？

A24

沒錯，「前面加上定冠詞的名詞」，例如「保羅」或是「蘇菲」都不能用 en 來取代。那麼，這一個類別的人物名詞該用什麼來取代呢？答案其實早就已經輸入各位的腦袋裡面了。那就是用人稱代名詞直接受詞（請見第 17 課）來取代。

在這裡考各位一個比較難的問題。請將以下的直接受詞改成代名詞來回答。Let's challenge！

⑴ Vous prenez du café?　　　－Oui, j'（　）prends.
⑵ Vous aimez ce café?　　　－Oui, je（　）aime.

⑴ 您要喝咖啡嗎?　　　－好的，我要喝。
⑵ 您愛這個咖啡嗎?　　　－是，我愛。

會難吧？

答案：⑴是 en。⑵是 l'。理由就是，⑴的 du café 是「部分冠詞＋名詞」，對吧。而相對地，⑵的 ce café 則是有加上定冠詞的名詞，所以不能用 en 取代，而要用人稱代名詞（請見第 17 課）的 le（縮寫改為→ l'）。

不過，因為這一題真的是難度很高的等級，所以不懂的話就先暫時跳過也沒關係！

特殊代名詞 y, le

用一個字代替已經說過的話

Rebonjour！又見面了。距離上次見面……大約是 5 分鐘前吧？

好，那麼我們接續前個單元，來學習第二個「特殊的代名詞」。單字有 2 個，就是 y 和 le 而已。和前個單元的 en 一樣，只要學會這 2 個單字的用法就可以了。（這個 le 和定冠詞的 le 當然是不同的。）

對了，各位還記得「特殊代名詞」是哪裡「特殊」嗎？如果有點忘記了的話，就請翻回到前一單元，再看一次。

那麼，我們來看以下具體的說明吧。

y 的用法

首先從 y 開始吧。這裡要分成 2 個重點來看喔。就像這樣。

(a) 取代＜**場所的表達**＞

(b) 取代＜**à＋事物**＞

先從簡單的部分開始。（不管是哪一種都是放在動詞前面）

(a) 取代＜場所的表達＞（相當於英文的 there）

先看例句吧。

Vous allez **à la boulangerie**? 您要去麵包店嗎？
[vuz‿ale a la bulɑ̃ʒri]

－Oui, j'***y*** vais. －要，我要去那裏。
[wi ʒi vɛ]

（Oui, je vais **à la boulangerie**.）

＜比較看看囉＞

You are going to the bakery?

－Yes, I am going there.

－（Yes, I am going to the bakery.）

Il est dans ce caf**é**? 他在那間咖啡廳裡嗎？
[ilɛ dɑ̃ s(ə) kafe]

－Oui il ***y*** est. －是的，他在裡面。
[wi il‿i‿jɛ]

（Oui, il est **dans ce café**.）

首先請把第一句例句拿來和英文比較看看。幾乎都相同，不一樣的只有語順而已。法文的 y 永遠都會放在動詞的前面。

另外在英文中，不論是 in the garden 或是 in Taipei 或是 on the table，只要是表達出場所的意思，都可以用 there 來取代。而法語也是一樣，不管介系詞是什麼，只要是表示場所的意思的話，都可以用 y 來取代。也就是說不論是 dans le jardin 或是 à Taipei 或是 sur la table，都會變成 y。

(b) 取代＜á＋事物＞

這個使用方法在英文裡是沒有的。請和上面的(a)作出明確的區別。

Vous pensez **à votre pays**? 您會想念家鄉嗎？
[vu pɑ̃se a vɔtr pei]

－Oui, j'***y*** pense. －是的，會想。
[wi ʒi pɑ̃s]

（Oui, je pense **à mon pays**.）

penser à～＝思考～的事情。而這個＜à～＞的部分會變成 y。

接著來看否定的例句。請注意 ne～pas 的位置。句子本身可能有點難喔？

C'est un tableau（畫） précieux（貴重的）. **N'*y*** touchez **pas**.
[sɛt‿œ̃ tablo presjø] [ni tuʃe pa]

這是很貴重的畫。不要碰它。

如果各位要翻譯這個句子的話，要從哪邊著手呢？tableau 或是 précieux 只要查字典馬上就會知道了。問題是在於 touchez。

就如你所知的，字典中只會寫著原形的 toucher 而已，而非 touchez。（在 Q & A 13 有提過了。）

各位已經查到了字典的 toucher。那麼，要看哪裡才對呢？

各位應該要看的是，＜toucher à～＞的部分。

咦？為什麼？？看 toucher 不行嗎？

請再看一次例句。有個 y 對吧？而 y 是用來取代＜à～＞，對吧？

沒錯。這個例句是這樣的：

Ne *touchez* pas *à* ce tableau.　不要碰那幅畫。
[nə tuʃe pa a sə tablo]
　　　　　　　└─ **y** ─┘

所以各位要看的是＜toucher à～＞的部分。

還是有點難。不過我都已經寫了。沒辦法，就這樣吧！

le 的用法

接下來是 le 了。這個 le 可以取代各式各樣的東西。讓我來介紹一下吧。

(a) 形容詞

(b) 動詞的原形

(c) 子句（有主詞和動詞的群組。在 123 頁出現過了。）

(d) 句子

而不管是哪一種，語順上都是擺在動詞的前面。我們一個個來看吧。

(a) 取代＜形容詞＞

取代形容詞？在英文裡沒有這用法，所以算是初體驗吧。雖然稱之為代名詞，但如果只看這個部分的話，其功能就變成是「代形容詞」了。

Vous êtes **marié**?（結婚了）　　您結婚了嗎？
[vuz‿ɛt marje]

－Oui, je ***le*** suis.　　－是的，我結婚了。
[wi ʒə lə sɥi]

（Oui, je suis **marié**.）

(b) 取代＜動詞的原形＞

請看例句。

想要～
Vous voulez **téléphoner** à Marie?　　您想打電話給瑪莉嗎？
[vu vule telefɔne a]
voulez 原形是 vouloir 想要～

－Oui, je ***le*** veux.　　－是的，我想。
[wi ʒ(ə) l(ə) vø]

（Oui, je veux **téléphoner**.）

vouloir 的後面接續動詞原形，變成「想要～」的意思。

(c) 取代＜子句＞

在這裡我們也來看看取代「子句」的方式和否定的語順吧。

Tu sais **qu'elle vient de Paris**?　　你知道她來自巴黎嗎？
[ty sɛ kɛl vjɛ̃ d(ə) pari]
sais 原形是 savoir 知道

－Non, je **ne *le*** sais **pas**.　　－不，我不知道。
[nɔ̃ ʒ(ə) n(ə) l(ə) sɛ pa]

（Non, je **ne** sais **pas qu'elle vient de Paris**.）

順帶一提，若把回答的部分改成英文的話就是 No, I don't know it.。

(d) 取代＜句子＞

這個使用方式和上面的(c)幾乎沒有差別。舉例來說，

Marie n'est pas mariée. Tu ne ***le*** sais pas ？
[nɛ pa marje]　　[ty n(ə) l(ə) sɛ pa]

瑪莉還沒結婚啊。你不知道嗎？

這裡的 le「取代前面整個句子」。

我們在第 25、第 26 課學了這些「特殊的代名詞」，雖然只有這 3 個單字而已，但因為用法的變化豐富，所以感覺學了很多東西的樣子，對吧？本書花了 2 堂課的篇幅來說明這幾個特殊的代名詞，表示它們並非簡單的單字。但我不會要求各位現在就要全部記起來，可是各位唸法文時，當看到 en, y, le 這幾個單字出現時，不要覺得很難，要好好地瞭解它們的使用方式喔。這麼一來，很快地就會真的地學會了。（約好了唷）

Q25 今天學到的這個 le，好像之前也有出現過…。到底該怎麼區分？

A25 被你發現啦？沒錯，le 總共有 3 種。

★ 3 種 le ★

(1) 定冠詞的 le　（第 2 課）

(2) 直接受詞代名詞的 le　（第 17 課）

(3) 特殊代名詞的 le　（第 26 課）

(2)和(3)有點類似。兩者都是代名詞，而且可以取代直接受詞。但是，(3)所能取代的，只有在直接受詞是形容詞、動詞原形、子句、句子的時候而已。相對的(2)則是使用在普通的名詞像是「男孩子」、「毛衣」、「Tarek」當作直接受詞的情況下。

EXERCICES 26

請在括弧內填入 en, y, le 三者擇一。

❶ **Il est à New York?　—Oui, il (　　) est.**

他在紐約嗎？　—是，他在那。

❷ **Vous avez des frères?　—Non, je n'(　　) ai pas.**

您有兄弟嗎？　—不，我沒有。

❸ **Savez-vous qu'elle est française?**

—Oui, je (　　) sais.

你知道她是法國人嗎？　—是的，我知道。

❹ **Tu veux rencontrer Gildat?　—Oui, je (　　) veux!**

你想見到 Gildat 嗎？　—是，我想見到她。

❺ **Vous pensez à votre avenir?　—Oui, j' (　　) pense.**

有考慮未來的事情嗎？　—有，我有在考慮。

答案

① y　② en　③ le　④ le　⑤ y

④其實只回答 Oui, je veux（bien），也是可以的。

未完成過去式（L'imparfait）

表示「持續性」或「習慣性」的過去式

先說清楚，未完成過去式並非「只完成一半的過去式」的意思。當然也不是「有一半已經過去，另一半尚未完成」，更不是「褲子只穿一半的過去式」。

「未完成過去式」這個名稱，感覺有點曖昧不明，對吧。光聽這個名稱根本無法想像出內容。把「未完成過去式」翻成法文的話，就是「imparfait」。但其實單字本身也不是很清楚。我們不急著要下結論，對吧。慢慢地享受人生吧，還有，好好品味法文。

在本課也要和以往一樣，先看「未完成過去式」的動詞變位與內容。「未完成過去式」是一種很有法文味道、有深度的用法。請多多品味。

未完成過去式的形態

總而言之，先舉出六變位吧。未完成過去式是不使用助動詞，自己會產生變位的類型。（需要有助動詞來變位的這種類型叫做什麼呢？複合過去式？單純未來式？答案就在 112 頁喔。）

mp3_27-1

chanter [ʃɑ̃te] 沒有例外！

je	chant**ais**	[ʒ(ə) ʃɑ̃tɛ]	－變位語尾 **ais** [ɛ]
tu	chant**ais**	[ty ʃɑ̃tɛ]	－變位語尾 **ais** [ɛ]
il	chant**ait**	[il ʃɑ̃tɛ]	－變位語尾 **ait** [ɛ]
nous	chant**ions**	[nu ʃɑ̃tjɔ̃]	－變位語尾 **ions** [jɔ̃]
vous	chant**iez**	[vu ʃɑ̃tje]	－變位語尾 **iez** [je]
ils	chant**aient**	[il ʃɑ̃tɛ]	－變位語尾 **aient** [ɛ]

就像這樣。請把語幹和變位語尾分開，確認它們的關係喔。

首先來看變位語尾，內容就如同前面所示。而且語尾沒有不規則變位。這個在之後（30 課）還是會用到，快記起來。有心的話 2 分鐘就記得起來！

好，接著來看語幹。這是從動詞第一人稱複數（也就是 nous）的現在式去掉 -ons 而成的。也就是說，

	現在式				未完成過去式
chanter	：nous chant**ons** [nu ʃɑ̃tɔ̃]	→	去掉 **ons**	→	je chant**ais** [ʒ(ə) ʃɑ̃tɛ]
finir	：nous finiss**ons** [nu finisɔ̃]	→	去掉 **ons**	→	je finiss**ais** [ʒ(ə) finisɛ]
avoir	：nous av**ons** [nuz avɔ̃]	→	去掉 **ons**	→	j'av**ais** [ʒavɛ]

可是，有一個動詞的語幹是屬於例外的。那就是 être。

其變位會變成 j'ét**ais**, tu ét**ais**, il ét**ait**, nous ét**ions**, vous ét**iez**, ils ét**aient**。不過它就只有這一個而已。再重複一次，語尾的部分是「沒有例外的」。怎麼樣？一點也不難記吧？

未完成過去式的 2 種使用方式

接著要來看「未完成過去式」的使用方式了。過去就是過去，到底是怎麼樣的過去式呢？在這裡我們把「未完成過去式」的使用方式分成 2 種來看吧。

◆ 用法①表示過去持續的狀態：表示「曾做了～」「曾經是～」

一般而言，這種用法換成中文來表達的話，會有「曾做了～」「曾經是～」的意思。來看看例句吧。

那個時候		
En ce temps-là, [ɑ̃ s(ə) tɑ̃ la]	elle ***habitait*** à Marseille. [ɛl‿abitɛ a marsɛj]	她曾住在馬賽。
	elle ***travaillait*** dans une banque. [ɛl travajɛ dɑ̃z‿yn bɑ̃k]	她曾在銀行工作。
	elle ***avait*** vingt ans. [ɛl‿avɛ vɛ̃t‿ɑ̃]	她 20 歲。（有了 20 年。）
	elle ***aimait*** un homme. [ɛl‿ɛmɛ œ̃ nɔm]	她愛了一個男人。

◇ 原形：habiter 居住 [abite]　travailler 工作 [travaje]　avoir 有 [avwar]　aimer 愛 [ɛme]

就像這樣。每個都是「曾經～」、「當時～」的意思。

未完成過去式的第一種用法，可翻譯成「曾經～」、「當時～」的意思。了解嗎？

如果能夠理解的話，各位就已經進入到 OK 範圍內了。

我想，有些讀者純粹只了解翻譯意思是不會滿足的吧（別害羞，baby～），所以我們再仔細看第 1 個用法吧。重點在於「曾做～」的翻譯，到底是表示怎麼樣的過去呢？

我們直接看結論吧。就像是這樣。

★「未完成過去式」所表達的是，過去＜尚未結束的行為・狀態＞。

||

持續

咦？都已經是過去的事了卻還沒結束？不會很怪嗎？

會有這種疑問是當然的。我們就用比較好懂的例句來了解「尚未結束」的過去式吧。

當　　　　　　　回去　她的丈夫　　　準備
Quand Marie est rentrée, son mari ***préparait*** le dîner.
[kɑ̃ mari ɛ rɑ̃tre]　　　[sɔ̃ mari preparɛ l(ə) dine]

當瑪莉回來的時候，她的丈夫在正準備晚餐。

préparer 準備

昨天瑪莉加了班，剛好晚上 8：00 回到家。當她打開家門的瞬間，一股大蒜和橄欖油，還有她最愛的海瓜子香味，從她的鼻子竄進了腦門之中。而在下一個瞬間，她看到了她的型男丈夫從廚房露出臉來，微微地露出了笑容，說「回來啦，那我要來煮義大利麵囉。」

在這裡要各位注意，「準備」就是未完成過去式。

不管是「回來」或是「準備」，當然都是過去式，已經結束的行為。但是，相對於複合過去式的「回來」，「準備」則是屬於未完成過去式。

其實在比較複合過去式和未完成過去式時，有時會用這種說法表達。

複合過去式：「點（・）」的過去
未完成過去式：「線（——）」的過去

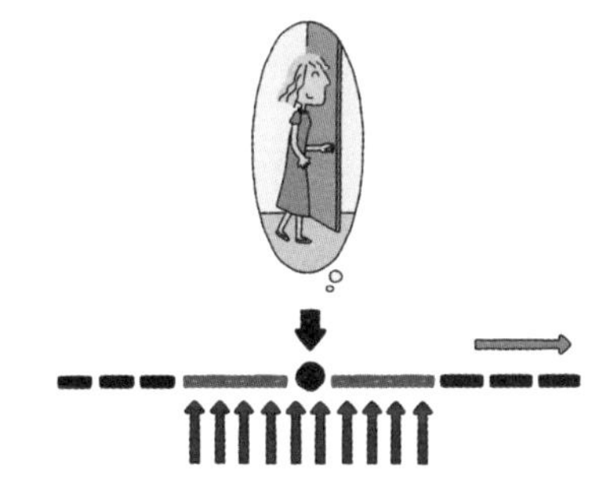

沒錯，複合過去式所表達的「8：00 回到家」是「點」，而「準備」則是延伸至該點前後的「線」。另外還有像是這種說法：

複合過去式：從現在來看已結束的「過去」
未完成過去式：從已結束的事件點來看持續進行中的「過去」

「回來了」是從＜現在＞這個角度來看的已結束行為。那麼「準備」又是如何呢？

用剛剛的例句來說的話，瑪莉回來的時間 8：00 是「已結束的事件點」。而站在那個時間點來看的話，「準備」的行為的確「尚未結束」（大概是從 7 點 45 分開始，8 點 10 分過後結束的吧）。這和上圖所說的，「前後延伸的『線』」，或是「持續中」的說法，都是同樣的事情。也都是在表達「尚未結束」的意思。

雖然有點多此一舉，再多看一個例句吧。

Quand je suis entré dans la chambre, elle ***regardait*** la télé.
[kɑ̃ ʒ(ə) sɥi ɑ̃tre dɑ̃ la ʃɑ̃br] [ɛl rəgardɛ la tele]

當我進房間時，她正在看電視。

「已結束的事件點」是我「進到」房間的時候。在那個時間點，她「看」電視的行為「尚未結束」，對吧？

怎麼樣，未完成過去式的第一種用法＝「尚未結束的過去」，有沒有抓到感覺了呢？對了，忘了說件重要的事情。蛤蜊麵的白酒一定要用比較烈的。而麵則是要用細麵最好！

◆ 用法②表達過去的習慣：「以前常～」

接下來看第 2 種用法吧。雖然乍看之下這種用法好像比較難，但其實因為這種用法的意義很明確，所以反而比較好懂。翻成「以前常～」「以前習慣～」就可以了。來看看例句吧。

Tous les matins (早上), je ***faisais*** une promenade (散步) avec mon chien.
[tu le matɛ̃] [ʒ(ə) fəzɛ yn prɔmnad avɛk mɔ̃ ʃjɛ̃]

以前每天早上，我都會跟我的狗一起去散步。

faire une promenade 散步

因為是「每天早上」，所以在這裡可想成是過去的「習慣」。而這類的句子，大多會有像是「每天早上」這樣的提示。所以當各位對①或②感到困惑時，請找看看提示。那麼最後再看一個。

Dans mon enfance, j'***allais*** à l'église tous les dimanches.
[dɑ̃ mɔ̃ nɑ̃fɑ̃s] [ʒalɛ a legliz tu le dimɑ̃ʃ]

小時候，我每週日都會去教會。

法國是天主教國家。所以聖誕節到了，對法國人來說確實會是很盛大的宗教活動。而據說在聖誕樹的鮮綠之中，則是寄託著人們等待著春天的心情。

未完成過去式就要在這裡結束了。未完成過去式是英文沒有的時態（在英文中，像是過去的習慣會使用 used to 或 would 等等，而不是根據時態來表達的。）。所以未完成過去式雖然有點難，但也很新鮮對吧。

再強調一次，請細～細品味喔！

EXERCICES 27

請將括弧內的動詞改成「未完成過去式」。

❶Quand je suis né, mon père (avoir) trente ans.
30 / [trɑ̃t]

當我出生時，父親當時 30 歲。

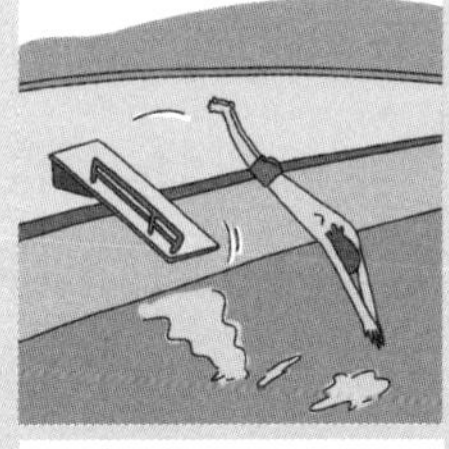

❷Autrefois, j'(aller) à la piscine tous les dimanches.
游泳池 [pisin] / 星期日 [dimɑ̃ʃ]

以前，每個星期日我都會去游泳池。

❸Quand il (être) étudiant, il (sortir) souvent avec ses amis.

當他還是學生時，他經常和朋友出去。

答案

① avait（né 是 naître 的過去分詞。複合過去式時的助動詞是 être。）（→P.117）

② allais（看到「以前」「每個星期日」，就可以當作是表達過去習慣的未完成過去式。）

③ était/sortait

Q26 **我已經知道複合過去式是「點」，未完成過去式是「線」了。可是，到底是持續多久的狀態才能說是「線」呢？**

譬如，當我要跟人家聊目前的交往史的話，要使用哪種過去式才對呢？因為我和伊凡交往了 2 年，和卡崔麗是半年，和蘇菲是 1 個月，和莫妮卡則只有 1 個星期而已。那麼，到底哪一段可以用未完成過去式呢？順帶一提，莫妮卡是義大利人。（我人住在巴黎，22 歲）

A26 你的人生好像很快樂耶。其實這隨你高興，就用你喜歡的表達方式就可以了。

Q27 **所以，交往史要用什麼樣的過去式來表達，真的用哪一種都可以嗎？我會當真喔?**

A27 這樣啊……對於你的問題呢，是可以當真的。因為……
譬如說，我們先來看卡崔麗吧。你和卡崔麗交往半年了，對吧？因為有半年的時間，所以可以使用未完成過去式，來表達當時的一個習慣與當時的一個情緒或狀態，像是「當時每天一起做……」之類的敘述。但同時，你也可以把這段交往當作早已結束的事件來看，使用複合過去式的話，就可以表達出像是「一起交往了半年時間」的意思。
來說結論吧。要使用複合過去式，或未完成過去式，其實和該行為或事件本身持續時間的多久沒有關係。而是取決於說話者的想法。看你是把你和卡崔麗的交往當作是一個事件「點」或是一個持續的「線」，會讓你的過去式產生不同變化。語言這種東西真的很有趣，對吧。

Q28 複合過去式、未完成過去式…。應該不會還有其它的「過去式」了吧？

A28

你怎麼會知道我現在正要開始說明「愈過去式」這個用法呢？該不會你也發現，我打算把「簡單過去式」和「先過去式」給跳過呢？

不用擔心，「愈過去式」一點也不難。形態是「未完成過去式的助動詞＋過去分詞」。助動詞部分就和當時學複合過去式時一樣，都用 avoir 和 être。當然不管是用何者（avoir 或 être），都和複合過去式的情況一樣。也就是，只有「空間的移動」時，助動詞才會是 être。
而它的內容和英文的過去完成式一樣。也就是說，以過去的某個時間點為基準，而就在這個時候，某一事件已結束了。

車站

Quand je suis arrivé à la gare, le train était déjà parti.
[kɑ̃ ʒ(ə) sɥiz‿arive a la gar] [l(ə) trɛ̃ etɛ deʒa parti]

當我抵達車站時，電車早已離站了。

這個句子以「我抵達車站的時間」為基準，而就在當時，「電車已經離開了」的意思囉。很簡單吧？（早就說過很簡單了）

被動式（La voix passive）

表達「我被愛」的用法

英文中也有被動式。就是「被愛」、「被擁抱」這類東西。因為基本上跟英文一樣，所以這堂課也可以很快就結束了。

被動式不需要特別按順序說明「形態」和「意義」。因為用中文來說，意思就是「被～」。所以❶先來看「形態」，❷再來看被動式的複合過去式吧。

被動式的形態

這和英文很像。句型如下：

助動詞 être ＋（及物動詞的）過去分詞（**par～ / de～**）

助動詞 être 相當於英文中的 be。先來看例句吧。動詞是<écrire 書寫>

主動式：Sophie	***écrit*** [ecri]	cette lettre. [sɛt lɛtr]（信）	蘇菲寫這封信。
	⬇		
被動式：Cette lettre [sɛt lɛtr]	***est écrite*** [ɛt‿ecrit]	par Sophie. [par]	這封信是由蘇菲寫的。

||
être＋過去分詞

請看這個例句，被動式的重點有 3 個。

⑴ 主動式的直接受詞會成為被動式的主詞。（cette lettre）

⑵ 主動式的主詞在被動式中會用 par 來接續。（Sophie）（par 相當於是英文的 by）

⑶ 使用被動式時，過去分詞會和主詞的性質／數量產生一致性。（過去分詞 écrit 會和陰性名詞、單數的 lettre 一致，變成 écrite。）

接著再看一個例句。

主動式：Tout le monde（各位） [tu l(ə) mɔ̃d] ***aime*** [ɛm] Marie. 大家都愛瑪莉。

⬇

被動式：Marie ***est aimée*** [ɛt ɛme de tout le monde. d(ə) tu l(ə) mɔ̃d] 瑪莉受到大家的喜愛。

這個例句，需要注意的是被動式 de。而前一組例句（Cette lettre...）則是用了 par。

在造被動式時，原本主動式的主詞要改放在介係詞 par 或 de 後面來表示（在英文中，除了特殊的場合之外，大多都是用 by，對吧）。而分辨的規則要依據使用的動詞類型來看。就像是下面這樣。

par～（經由～、受到）：用來表示動作的動詞。例如「被揍」「被踢」等等。

de～（經由～、受到）：用來表示狀態（特指感情）的動詞。例如「被愛」「被討厭」「被尊敬」等等。

但其實都是使用 par 居多。只要在使用表達感情動詞時，去注意一下就 OK 了。

被動式的複合過去式

其實只要完全依循文法規則去變成複合過去式就好了，但因為有一個容易混淆的部分，所以我另外拿出來講。

那麼我們先把前一個例句改成複合過去式吧。請注意套底色和灰底色的部分。

Cette lettre [sɛt lɛtr] est（être） [ɛ] écrite par Sophie. [tecrit] [par]（現在式）

⬇

Cette lettre [sɛt lɛtr] a été [a ete] écrite par Sophie. [ecrit] [par]（複合過去式）

這封信是由蘇菲寫的。

a été ＝ avoir 的現在式＋été

été ＝ être 的過去分詞

結論就是，和把 être 改成複合過去式時的作法一樣。也就是說，「助動詞 avoir＋過去分詞」中的「過去分詞」部分在這裡永遠都是用 être。而因為 être 的過去分詞是 été，所以就會變成是「avoir 的現在式變位＋été 」。

而對各位而言，比較容易混淆的是 écrit 的部分。我們都知道 écrire 的過去分詞是 écrit，但在這裡，複合過去式中「助動詞 avoir＋過去分詞」的「過去分詞」是指 été，所以和 écrit 沒有關係的（請不要認為 écrit 是「助動詞＋過去分詞」中的「過去分詞」喔。所以 ecrit(e)的部分不會受到複合過去式的影響，把它想成是形容詞（如「美麗的」、「可愛的」）就好了。

啊，要結束了。好啦，趕快去約會吧！（僅限有情人的人去喔！）

EXERCICES 28

請在括弧內填入被動所時需要的單字。

❶Un jeune Français réalise ce film.

製作 réalise [realiz]　電影 film [film]

➡Ce film (　　)(　　　　)(　　) un jeune Français.

réalise 原形是 réaliser

這齣電影是由某個年輕的法國人製作的。

❷Les étudiants respectent Madame Martin.

尊敬 respectent [rɛspɛkt]

➡Madame Martin (　　)(　　　　)(　　) étudiants.

respectent 原形是 respecter

馬爾丹女士受到學生們的尊敬。

答案

① est réalisé par　② est respectée des

② 過去分詞是陰性單數形。因為是表達感情的狀態，所以不是使用 par 而是 de，因而產生「介系詞和定冠詞的縮寫，第 7 課」，變成了 de＋les＝des。

Q29 **在第 23 課時有說到「代動詞」有 4 種用法，其中的一個用法就是「被動用法」。我記得當時那一課寫到說，那個「被動用法」和被動式沒有差別。我想問一下，既然沒有差別，那我想用哪個都可以嗎？**

A29 這個嘛……，我現在就來跟你說明一下「代動詞的被動用法」以及「普通被動式」的差別，就當作應急處理，可以請你原諒我嗎？

其實這兩者說穿了是一樣的。但，卻不是完全沒有差別的。因為代動詞的被動用法是有以下限制的。

⑴ 主詞只能是事物。
⑵ 後面不接續 par～或 de～。
⑶ 不使用在複合過去式。

關於1的部分，s'appeler（這個名字是……）是一個例外，主詞可以是人。還有，普通被動式可用來表達實際的「動作」（例如：被胖虎揍了），而「代動詞被動用法」則用來表達長時間持續的事物（例如：在台灣主要是講中文與台語）。所以才會有2和3的規則。這些地方請各位要記住。

現在分詞與副動詞
（表達「一邊…，一邊…」的用法）

「現在分詞」這個名稱各位可能有聽過吧。但是「副動詞」應該就是第一次聽到吧？「副動詞」其實是有點像是英文的「分詞構句」。啊，我聽到關門的聲音了，那該不會是各位關上心門的聲音吧？別擔心，我會從「小地方開始」仔細地說明，請大家再把心門打開吧。（怎麼還是關著的啊！）

這裡也是先講重點吧。不懂也很正常，之後會有說明的。

	形態	作用方式	用法
現在分詞 （書寫用法）	-ant	當作形容詞修飾名詞	(a) 形容詞用法 (b) 分詞構句
副動詞 （口語用法）	en -ant	當作副詞修飾名詞	副詞用法　(1) (2)

現在分詞的形態

「現在分詞」主要都是書寫時會用到的用法，在會話中幾乎用不太到。首先我們就從形態開始看，然後再看使用方法吧。

(1) 現在分詞的形態

現在分詞是用 nous 的變位變化而成的。就像這樣。

chanter：nous chantons → chant~~ons~~ → chant＋**ant** → chant**ant** [ʃɑ̃tɑ̃]

finir　：nous finissons → finiss~~ons~~ → finiss＋**ant** → finiss**ant** [finisɑ̃]

變化規則是，把（nous）chantons 的變位語尾 -ons 去掉，接著接上現在分詞語尾 -ant 就可以了。語尾的 -ant 相當於英文的 -ing。而且語尾的 -ant 是沒有例外的！真開心。♥

而無法從 nous 的動詞變位中改出來的只有以下這 3 個而已。

être → **étant**（存在） avoir →**ayant**（持有） savoir →**sachant**（知道）
[ɛtr] [etɑ̃] [avwar] [ejɑ̃] [savwar] [saʃɑ̃]

沒錯，它們的語尾也都是 –ant。

⑵ **使用方法**

前面的表格出現了 2 種用法。

(a) 形容詞用法 **(b) 分詞構句**

有一點不能忘記的是，不管是在什麼情況下，現在分詞永遠都是當作「形容詞」來使用的。用法雖然分成 2 種，但「形容詞」這一功能是共通點。也就是說，不管什麼時候都用來修飾名詞。這樣想就可以了。

那我們繼續看下去吧。

(a) 形容詞用法

翻成中文的話，就是「正在～的」的意思。和英文比較一下看看。

Look at the ***crying*** baby. 看那個正在哭的小嬰兒。
Who is the girl ***sleeping*** in your bed? 在你床上睡覺的女孩是誰？

為了把動詞（哭泣／睡覺）改成形容詞（正在哭的／正在睡覺的），所以加上 -ing 改成現在分詞，對吧。法文的作法也是一樣的。就像這樣。

Regardez le bébé ***pleurant***. 看那個正在哭的小嬰兒。
[rəgarde l(ə) bebe plœrɑ̃] **pleurant 原形是 pleurer** 哭泣

Qui est la fille ***dormant*** dans votre lit?
[ki ɛ la fij dɔrmɑ̃ dɑ̃ vɔtr li]
在你床上睡覺的女孩是誰？
dormant 原形是 dormir 睡覺（**請見 P. 80**）

英文和法文的現在分詞用法幾乎沒什麼不一樣吧，唯一的差別是……，沒錯，就是現在分詞的語順。

法語的形容詞，大部分都放在名詞的後面，而現在分詞也適用於這個規則（具有形容詞功能的現在分詞，也都放在要修飾的名詞後面）。

不過，已經有女朋友的男生，最好不要把床借給其他女孩子喔。會吵架的……。

(b) 分詞構句

現在分詞的第 2 個用法，就是分詞構句。這個名稱聽起來好像很嚇人。不過別擔心，分詞構句的一個大特徵就是，會用逗號來跟主要子句做區隔。

就是這樣。而且可分成 2 種意義：

⑴ **表示理由：**「因為～」
⑵ **表示時候：**「當做／做了～的時候」

其它像是「假設語氣」、「讓步子句」等含義的用法也可以使用，但現在先不要管前面這些專有名詞，先看上面⑴和⑵這兩種用法吧。首先從第一個用法開始看囉。

⑴ **表示理由：**「因為～」

先看以下例句。

Ayant faim, j'ai cherché un restaurant.
[ejɑ̃ fɛ̃] [ʒɛ ʃɛrʃe œ̃ rɛstɔrɑ̃]
因為肚子餓了，我去找了間餐廳
Avoir faim 肚子餓

Etant honnête, il a beaucoup d'amis. 因為誠實，他有很多朋友。
[etɑ̃ ɔnɛt] [il a boku dami]

這兩者都是「因為～」的意思。而 Etant（=étant）是 être 的現在分詞。大寫的時候是可以省略拼音記號的。（在 EXERCICES 9 的解答欄中已經有提過了。）

(2) **表示時候：「一邊～，一邊～」**

現在要來看「時間」意義上的用法。

Revenant du supermarché, j'ai rencontré mon professeur.
[rəvnɑ̃ dy sypɛrmarʃe] [ʒɛ rɑ̃kɔ̃:tre mɔ̃ prɔfesœ:r]

從超級市場回家時，我見到了老師。

順帶一提，professeur 這個單字不只是指「（大學）教授」，同時也有「（國小、國中、高中老師）」的意思。

副動詞

接下來要看副動詞了。副動詞和現在分詞不一樣，經常都是當作口語詞彙來使用，請先繼續看下去吧。

(i) 副動詞的形態

這個很簡單。也就是，

副動詞＝ **en＋現在分詞**

就這樣！

(ii) 使用方法

比較難的是在這邊。有以下各種意思。

副詞用法 (1)		表示同時：「一邊～，一邊～」
	(2) - ①	表示時候：「（做／做了）的時候」
	②	表示假設：「（如果）～的話」
	③	表示對立：「～（了）～但是」

把用法分成(1)和(2)，其實沒有什麼理由。只因為(2)的用法在翻成中文時，比較類似現在分詞中的「分詞構句」功能而已。當然不論是(1)或(2)都當作副詞來使用。

另外，副動詞也有其它含意（理由、手段……等），但現在只要學會上面這 4 個用法就夠了。

對了，這有個重點，副動詞有個很大的特徵。那就是：

★ 副動詞，永遠都和主要子句的主詞是相同

就是這樣，下面的例句全都適用這個規則，請一邊確認一邊練習唸唸看。

⑴　　表示同時：「一邊～，一邊～」

來看例句。

Elle travaille toujours en ***écoutant*** des CD.
[ɛl travaj tuʒur ɑ̃ nekutɑ̃ de sede]

她總是一邊聽 CD 一邊工作。
écoutant 原形是 écouter 聽

Ne parle pas ***en mangeant***.
[n(ə) parl pa ɑ̃ mɑ̃ʒɑ̃]

不要一邊吃東西一邊講話。
mangeant 原形是 manger 吃

第一個例句中，「正在聽 CD」的主詞「她」，同時也「正在工作」，對吧？也就是說，「副動詞會和主要句子共用同一個主詞」。當然，在第二個例句中，「正在吃東西」的主詞，同時也「正在說話」囉。

⑵ - ① 表示時候：「（做／做了）～的時候」

從這裡開始就是「分詞構句」的功能了。

J'ai rencontré Sophie ***en sortant*** du café.
[ʒɛ rɑ̃kɔ̃:tre sofi ɑ̃ sɔrtɑ̃ dy kafe]

（我）從咖啡廳出來時，我遇到了蘇菲。
sortant 原形是 sortir 出來

在這個句子裡，en sortant（即 sortir）的主詞是誰呢？沒錯，因為整個句子的主詞是 je（我），所以 sortir 的主詞也是 je 囉，而不是蘇菲唷。

※ 把上面這個例句中的副動詞改成現在分詞，就會變成這樣：

J'ai rencontré Sophie ***sortant*** du café.　　我遇到了從咖啡廳出來的蘇菲。
[ʒɛ rɑ̃kɔ̃:tre sofi sɔrtɑ̃ dy kafe]

用現在分詞的話，就會變成普通的「形容詞用法」，修飾前面的 Sophie。

這麼一來，rencontrer（＝遇見）的主詞是 je，但是從咖啡廳出來（sortir）的就變成是 Sophie 了。這就是副動詞和現在分詞在意義上差別最大的例子。

⑵ - ② 表示假設：「（如果）～的話」

趕上

En prenant un taxi, vous arriverez á temps.
[ɑ̃ prənɑ̃ œ̃ taksi vuz arive a tɑ̃]

坐計程車的話，您／你們就趕得上吧。

prenant 原形是 prendre

副動詞在這裡相當於英文的＜if～＞，和 Si vous prendrez un taxi...的意思一樣。

⑵ - ③ 表示對立：「雖然～」

Tout ***en travaillant*** beaucoup, il n'a pas réussi à l'examen.
[tut ɑ̃ travajɑ̃ boku] [il na pa reysi a lɛgzamɛ̃]

雖然很認真地念了書，他還是考不及格。

travaillant 原形是 travailler

在句子的開頭有個 tout 。這裡的 tout 和副動詞連用，主要是用來特別強調「對立」（＝雖然…）或「同時」（＝一邊…）的語意，具副詞功能（沒有必要翻譯出來）。

我們已經看過好幾個副動詞了，外觀上每個都是「en＋現在分詞」，但翻譯的方式卻是各式各樣都有。到底該怎麼分辨呢？我還聽到有人說，法文是個很精準明確的語言，現在竟然搞得這麼曖昧，叫負責人給我出來（太誇張了）！

對於上面的「抱怨」，我想我也是可以回嘴的。其實這個「副動詞」，就是在想要說得曖昧的時候才會使用的。其實英文的分詞構句也是很曖昧的，對吧。沒錯，就是很曖昧，辛苦各位了。

Q30 **仔細看現在分詞的「分詞構句」功能以及副動詞的話，你會發現兩者都有表示「時候」的用法，那麼兩者的意思一樣嗎？**

A30 沒錯！不管是現在分詞或是副動詞，其實就結果來看，經常是一樣的意思。舉例來說，下面是用分詞構句所造的例句。

Revenant du supermarché, j'ai rencontré mon professeur.

從超級市場回來時，我見到了老師。

像這樣的情況，就算把開頭改成 En revenant du supermarché,...，結果所表達的也是相同的意思。所以就 (2)－① 表示時候:「（做／做了）的時候」這種情況來說，書寫時就請用現在分詞，日常會話的話就請用副動詞（意思完全不一樣的例子請見第 178 頁喔）。
那麼最後，我們來把意思作個整理吧。

現在分詞	形容詞用法	：「做～的」
	分詞構句 (1) 理由	：「因為～」
	(2) 時候	：「（做／做了）～的時候」
副動詞	副詞用法 (1) 同時	：「一邊～，一邊～」
	(2)－① 時候	：「（做／做了）～的時候」
	② 假設	：「（如果）～的話」
	③ 對立	：「雖然～」

表示「時候」的用法在這兩邊都有。

Q31 **現在分詞的語尾是-ant 而沒有其他例外吧？不過好像也有看過 -ant 結尾的其他單字。像 important 或是 restaurant，它們彼此沒關係嗎？**

A31 很有關係的！先說 important 這個單字。important 是從動詞 importer（重要的是）衍伸出來的現在分詞。

而 restaurant 原本也是從動詞 restaurer（恢復…，使恢復精神）衍伸來的現在分詞。因為餐廳讓人吃好吃的東西，所以才能讓人恢復精神囉。

再告訴你一個。其實 croissant（可頌）這個單字原本是從動詞 croître（變大）而來的現在分詞。現在分詞 croissant 從原意「漸漸變大」衍伸為漸漸變成滿月的「上弦月」。而在 18 世紀的時候，在維也納誕生的「可頌」傳到了法國時，因為形狀相似，於是就被稱為 croissant 了。

EXERCICES 29

1. 請依照指示改寫括弧內的動詞。

❶ **Elle a un frère (parler) le français.** ☞ 改為現在分詞

她有會說法語的哥哥／弟弟。

____

❷ **Il fait la cuisine (regarder) la télé.** ☞ 改為副動詞

他一邊看電視一邊作料理。

____

2. 請翻成中文。

❶ **Il y a beaucoup d'étudiants apprenant le français.**

____

❷ **En prenant la deuxième rue à droite, vous trouverez la gare.**

____

答案

1. ① parlant ② en regardant

2. ①有很多學法語的學生。（現在分詞的形容詞用法）

②（如果）在第 2 條路右轉，您就會看到車站了。（假設意義的副動詞）

三種語式（Les modes）

直陳式（l'indicatif）、條件式（le conditionnel）、虛擬式（le subjonctif）

時間過得真快，各位的法語巡禮，也只剩下 2 課而已了。

所以在這裡要給各位一個豪華的特別禮品，那就是，這堂第 29 又 1/2 課！

這堂 29 又 1/2 課其實是一個分水嶺，主要是在 (a)第 1 課～29 課，(b)第 30 課，跟(c)第 31 課做個區分與銜接。可是，為什麼有這個必要呢？因為其實上面的(a)(b)(c)各自屬於不同的「語式」，也就是不同的說話方式。

直接說重點吧。也就像下面這樣。

(a) 1～29 課　：直陳式

(b) 30 課　：條件式

(c) 31 課　：虛擬式

在這裡有件事得向各位道歉。其實從第 1 課到第 29 課，我們一直都是在「直陳式」的世界裡。而現在就要跟各位說清楚了。我想現在有人的頭頂上開始冒出「？」了吧。Je suis désolé. 非常抱歉，再也不會了！

所以現在要跟各位確認，譬如說第 8 課「-er 結尾的動詞」中提到的「現在式」，其正式說法是「直陳式現在式」。還有第 20 課或第 24 課的「複合過去式」或「簡單未來式」，其正式說法則是「直陳式複合過去式」和「直陳式簡單未來式」。

各位當然想問「直陳式」是什麼吧？但在那之前，我們先來說明「語式」是什麼。

這個「語式」（有些教科書稱為「語態」，意思是一樣的）指的是「發話者在表達時，內心抱持的態度」。什麼跟什麼？？？「發話者」？「心理態度」？文法用詞讓人摸不著頭緒……。

說穿了，「發話者」就是「說話的人」。

你對朋友說，「哇～，台北101耶～」。因為說話的是「你」，那麼「你」就是「發話者」。

「內心抱持的態度」是指，你是抱著什麼樣的「念頭」或「打算」在說話。

舉例來說，你說：「我想要這個 V 領的毛衣！」，那麼你是抱著什麼樣的「念頭」在說這句話呢？你說這句話的「打算」是什麼呢？請從下面三個選項中作選擇。

⑴ 抱著「你沒忘記下週是我的生日吧？」的念頭。

⑵ 抱著「上禮拜已買了高領，這次要換 V 領囉」的念頭。

⑶ 抱著「我想要這個東西」的念頭。

嗯～雖然想選⑴或⑵……，但還是猜⑶吧。

喔，現在宣布正確答案。你是抱著「我想要這個東西」的念頭，對吧。這就是所謂的「內心抱持的態度」。其實也就是「說話的方式」。

而因為「語式」分為 3 種，所以「內心態度」也會有 3 種。在這裡先簡單地整理一下吧。

心理態度　（抱持的打算）

直陳式	把事實當作事實
條件式	把與事實相反的事情當作假設或是結果
虛擬式	把腦中想的事情當作希望、目的等

突然變得好難喔！什麼「事實」、「與事實相反」。不過別擔心，在第 30 課和第 31 課會慢慢地講解。那麼在這堂課的最後，再講一件事情吧。

其實「條件式」，也就相當於英文的假設語氣。

另外，「虛擬式」是法語、德語、義大利語、西班牙語中有的語式，而在英語裡是沒有的。各位將來搞不好會成為柏林愛樂樂團的指揮，或義大利甲級足球聯賽的明星，或是鬥牛士也說不一定。所以第 31 課一定要看喔。

30 條件式(conditionnel)

（用來表示「如果我是一隻鳥的話……」）

歡迎來到條件式的世界！這堂課主要是條件式。馬上來看吧！

條件式是什麼？

就像上一課最後提到的一樣，條件式就是：

條件式：表達與事實相反的假設

這就是條件式的重點。我們來看一下具體的例子吧。

之前說過，條件式相當於英文的假設語氣。譬如「如果我是鳥的話，我就能夠飛到妳的身邊了」這個例句，因為就事實來說，我不是鳥，所以也就飛不過去，對吧。

沒錯，所謂的「假設」最少有兩種。下面的兩個假設語氣，有什麼不一樣呢？

(a) 假如你買這件 V 領毛衣給我的話，我就親你一下。
(b) 假如你是這件 V 領毛衣的話，我就可以一直穿著你了。

冒昧請問一下，你會是 V 領毛衣嗎？還是，你是一個百變魔術師，會把自己變成毛衣呢？

看來應該沒有人會是一件毛衣。也就是說，(b)的情況是不可能的，是針對與事實相反的假設，對吧。

相對的，(a)的情況則是因為想要被親一下，所以買一件毛衣是沒問題的，對吧（但不買也沒差，如果已經被親膩了的話）。問題不是買或不買，而是說「買毛衣」這個行為，是可以成為一個事實。這部分才是重點 ！

各位了解了吧。這兩種類型的假設，指的就是(a)實際會發生的假設 (b)不可能發生的假設。

而法語的條件式，則只適用於(b)情況（順帶一提，(a)情況屬於直陳式）。那麼就按照往例，先看形態，接著來看具體的使用方法吧。

條件式現在式的動詞變位

在條件式中使用動詞時，動詞一定要轉變為條件式專屬的動詞變位。也就是說，在閱讀法文時，有時是在看到動詞變位時，才發覺原來是條件式。就像是，在看到米老鼠或是小熊維尼時，才會發現原來這是迪士尼的卡通（但其實我喜歡小美人魚）。

在這裡就讓各位看看在條件式中，「條件式現在式」的動詞變位吧。

chanter 歌唱

mp3_30-1

			變位語尾	
je	chante**rais**	[ʒ(ə) ʃɑ̃t(ə)rɛ]	－**rais**	[rɛ]
tu	chante**rais**	[ty ʃɑ̃t(ə)rɛ]	－**rais**	[rɛ]
il	chante**rait**	[il ʃɑ̃t(ə)rɛ]	－**rait**	[rɛ]
nous	chante**rions**	[nu ʃɑ̃t(ə)rjɑ̃]	－**rions**	[rjɔ̃]
vous	chante**riez**	[vu ʃɑ̃t(ə)rje]	－**riez**	[rje]
ils	chante**raient**	[il ʃɑ̃t(ə)rɛ]	－**raient**	[rɛ]

動詞變位的說明，也是用各位耳熟能詳的「語幹＋變位語尾」。首先看語幹，這邊有個祕密小情報。那就是，這些各位已經都會了！

其實條件式現在式的語幹，和直陳式簡單未來式（請見第 24 課）的語幹是一樣的！輕鬆！

而說到變位語尾，好消息是，也是「沒有例外」的。上面已寫出具體的例子了。咦？等一下，這個好像在哪裡看過……。

沒錯，這個變位語尾也已經是各位所讀過的。請把上面變位語尾中的 r 去掉再看一次。太神奇了，這樣又變成了直陳式未完成過去式（請見第 27 課喔）的變位語尾。

就像這樣，條件式現在式的變位，只要這樣寫就好了。

條件式現在式 ＝ 單純未來式的語幹 ＋ r ＋ 未完成過去式的變位語尾

chante ＋ r ＋ ais

我現在把在單純未來式（24 課）時舉過的不規則語幹，改成條件式現在式，這裡再寫一次喔。已經搞懂的人當然可以跳過囉。

être	→	je se**rais**,⋯⋯	[ʒ(ə) s(ə)rɛ]	aller	→	j'i**rais**,⋯⋯	[ʒirɛ]
avoir	→	j'au**rais**,⋯⋯	[ʒɔrɛ]	faire	→	je fe**rais**,⋯⋯	[ʒ(ə) f(ə)rɛ]
vouloir	→	je voud**rais**,⋯⋯	[ʒ(ə) vudrɛ]	pouvoir	→	je pour**rais**,⋯⋯	[ʒ(ə) purɛ]

條件式現在式的使用方法

如同 29 1/2 課和這堂課所提到的，所謂的「條件式」也就是「假設與事實相反的狀況，並談論該結果」的意思。

而現在要看的是「條件式現在式」。在這個情況之下，除了「假設與事實相反的狀況」之外，還會再加上一個新的要素。會變成「假設與『現在』事實相反的狀況」。所以這樣的假設，就不適用於「如果 10 年前的那一天，我有向那女孩告白的話⋯⋯」這種與過去事實相反的假設。

而這種「假設與『現在』事實相反的狀況，並談論該結果」的句子，又要怎麼運用呢？

◆ **條件式現在式・第 1 種用法：表式假設**

馬上來看看例句吧。表達「如果我有錢的話，就去買雪鐵龍了。」

Si j'avais de l'argent, j'***achèterais*** une Citroën.
[si ʒavɛ d(ə) larʒɑ̃] [ʒaʃɛt(ə)rɛ yn sitrɔɛn]
└── **假設子句** ──┘ └── **結果子句** ──┘ （si 相當於英文的 if）

achèterais 是 acheter 的條件式現在式，對吧。從這個句子可以知道⋯⋯

沒錯，「條件式現在式」並不是使用在「假設子句」裡，而是使用在「主要子句（表達假設的結果）」裡。是不是以為因為是條件式，就應該要使用在假設（＝條件）子句中呢？這也是無可厚非的，所以從現在開始要把它改過來喔。而其實這個假設子句還有一個重點。

在這句的假設子句中看到 avais。這是各位已經學過之 avoir 的直陳式未完成過去式（請見第 27 課）。但是這裡的 avais 不是當作「直陳式未完成過去式」來使用。而是為了表達出「和現在事實相反的假設」，所以才借用直陳式未完成過去式的形態而已。所以要記住，這裡 avais 的時態並不是「直陳式未完成過去式」。所以要用法文表達「如果我是鳥的話⋯⋯」的話，也是會借用「直陳式未完成過去式」，來表示與事實相反的假設，對吧。

而用句型來解說的話，就會像是這樣：

Si ＋（直陳式）未完成過去式的形態,（條件式）現在式 .

└── 假設子句 ──┘ └ 結果子句 ┘

這樣看整個就很清楚吧！

那麼我們再來看一個例句。在吵架中的一對情侶，男的對女的說：

沒有～ 生存
Sans toi, je ne pourrais pas vivre.
[sɑ̃ twa ʒ(ə) n(ə) purɛ pa vivr]

沒有你，我活不下去。

這種像是情歌歌詞一樣的對白，有時候很讓人感動，對吧……。先不管那個。

pourrais 是 pouvoir 的條件式現在式，沒問題吧？而有使用「條件式」動詞的 je ne pourrais pas vivre 是表示結果的主要子句了。咦，奇怪，怎麼沒有假設／條件子句呢？

沒錯，各位都了解吧。Sans toi「沒有你」這個部分，取代了假設／條件子句（如果～的話）。所以在這裡，就不會看到直陳式未完成過去式的形態。

現在已經了解如何使用條件式現在式了，接下來，我們來看看第 2 種使用方法吧。

◆ 條件式現在式・第 2 種用法：表示語氣和緩、客氣

所謂的語調和緩，就是「講得輕柔委婉」的意思。譬如說，

「還不快把窗戶打開！」和「可以請您打開窗戶嗎？」

這兩者的內容是一樣的對吧。沒錯，這裡的條件式現在式，就是像右邊這句一樣是較為委婉的表達方式。身為紳士淑女的各位，一定會覺得這就是各位平常在使用的語言吧！

來看例句吧。從馬賽出發前往凡爾賽車站的你，對著英俊的站務員這麼說道。

Je ***voudrais*** aller au château de Versailles.
[ʒ(ə) vudrɛ ale o ʃato d(ə) vɛrsaj]

我想去凡爾賽宮。
voudrais 原形是 vouloir

如果用 Je veux aller au château de Versailles. 這個直陳式來表達的話，就會變成是「我想去～啦！」這樣像是任性小孩般的說法。

《Je voudrais＋原形》的表達方式會很常用。譬如說，

在坐計程車時：Je **voudrais** aller à～　我想要去～。
[ʒ(ə) vudrɛ ale a]

在店裡：Je ***voudrais*** prendre ça.　（手指商品）我想要這個。
[ʒ(ə) vudrɛ prɑ̃dr sa]

在卡拉 OK 裡：Je ***voudrais*** chanter.　我想要唱歌。
[ʒ(ə) vudrɛ ʃɑ̃te]

都說這麼多了，就再多說一個吧。《Je voudrais＋名詞》也很常用。譬如說，

在飛機上：Je ***voudrais*** un jus d'orange.　請給我柳橙汁。
[ʒ(ə) vudrɛ œ̃ ʒy dɔrɑ̃ʒ]

在劇場：Je ***voudrais*** deux places.　請給我兩席／張票。
[ʒ(ə) vudrɛ dø plas]

不過用 Un jus d'orange, s'il vous plaît.　也是可以的。
œ̃ ʒy dɔrɑ̃ʒ sil vu plɛ

再舉一個語氣和緩的例句吧。

J'***aimerais*** bien partir tout de suite.　我想要馬上出發。
[ʒɛm(ə)rɛ bjɛ̃ partir tu d(ə) sɥit]

aimerais 原形是 aimer

在「條件式現在式」語氣和緩的用法中，動詞是有所限制的。除了例句中的 vouloir（想～）、aimer（愛～）之外，就只有 pouvoir（可以～）、devoir（務必～）、préférer（比較喜歡～）這幾個了。總共這 5 個！

那麼，最後來把之前的英文例句「如果我是鳥的話，就可以飛到你的身邊了。If I were a bird, I would fly to you.」給翻成法文吧。

鳥　飛向著～
Si j'étais un oiseau, je ***volerais*** vers toi.
[si ʒetɛ œ̃ nwazo]　[ʒ(ə) vɔlərɛ vɛr twa]

volerais 原形是 voler

Q32 **在「如果我是鳥的話」的例句中，如果我沒記錯的話，英文用的是「假設過去式」。這和「條件式現在式」是一樣的嗎？**

A32 你說的沒錯。剛剛的例句請再看一次。兩者都是「與現在事實相反的假設」。

If I were a bird, I ***would fly*** to you. **假設語氣過去式**

Si j'étais un oiseau, je ***volerais*** vers toi. **條件式現在式**

兩者的內容差不多，就只有文法名詞不同而已。因為在英文中，were 部分是過去式，文法名詞為「假設語氣過去式」；而法文則是依照「與現在事實相反的假設條件」這個重點，文法名詞叫作「條件式現在式」。

既然都到這了，我就把沒被問到的內容也說一下吧。

在英文中有個「假設語氣過去完成式」，對吧。它是指「與過去事實相反的假設」。在法文中也有相同的表達。那就是「條件式過去式」。

條件式過去式就是，

助動詞（avoir / être）的條件式現在式＋過去分詞

而選擇助動詞的方式則和「複合過去式」相同（請見 20 課喔）

最典型的使用方法就是像這樣：

Si＋直陳式愈過去形，條件式過去形。

・直陳式愈過去形在 169 頁喔・

我們試著把上面的例句改成「如果（當時）我是鳥的話，當時就可以飛到你身邊了。」來看看吧。

If I ***had been*** a bird, I ***would have flown*** to you. **假設語氣・過去完成式**

Si j'***avais été*** un oiseau, j'***aurais volé*** vers toi. **條件式・過去式**

假設子句的 avais été 是直陳式愈過去形，而 aurais volé 則是條件式過去形。而在這裡，假設語氣和條件式也只有名稱不同而已。

EXERCICES 30

請將括弧內的動詞改為條件式現在式。

❶ **S'il faisait beau aujourd'hui, nous (aller) à la mer.**

如果今天是好天氣的話，我們就會去海邊。

❷ **(pouvoir) -vous fermer la porte?**

可以請您關門嗎？

❸ **Si je gagnais au loto, je (faire) le tour du monde!**

如果中樂透的話，就會去環遊世界一圈。

❹ **Ils (vouloir) venir à Taïwan.**

他們很想來台灣。

❺ **(Pouvoir) - tu m'aider, s'il te plaît?**

可以請你幫個忙嗎？

❻ **Si nous allions en France, nous (manger) des escargots!** 如果我們去了法國就會去吃田螺。

答案

① irions ② Pourriez ③ ferais ④ voudraient ⑤ Pourrais ⑥ mangerions

虛擬式（subjonctif）

表示「希望你是幸福的」

這本法文文法終於到了最後的尾聲。和各位相遇就像是昨天的事情一樣。所有的辛苦到了今天都成了美好的回憶。

謝謝各位讓我這麼感動！我愛你們。（因為是最後了，就弄得誇張點。）

在說再見之前，我們還剩下一個重要文法。那就是「虛擬式」。這堂課全都是在講虛擬式。Let's go！

虛擬式是什麼

首先讓我們複習一下 30 課學過的東西吧。

虛擬式：把腦中想的事情當作希望・目的來表達。

這樣說應該是似懂非懂吧。不過這的確就是一個重點。而為什麼會有這種重點產生呢，請讓我來說明一下。

舉例來說，我們來思考一下「瑪莉，台北市人，19 歲」這個例子吧。

瑪莉原本有一個溫暖的家庭、一位體貼的男朋友、一間理想的大學、喜歡的兼職工作。但這一切的美好卻在昨天結束了。

今天要去學校。從早上就發了好幾封簡訊給男友，卻完全沒有回信。這時電話聲響了，接起來一聽，卻是她打工的便利商店店長打來的，對瑪莉冷淡地說：「妳被炒魷魚了。」接著，當她和男友終於聯絡上時，電話的那一頭卻出現了沒聽過的女生聲音，對她說：「妳就是瑪莉啊？煩死人啦！」這時瑪莉愣住了，於是她只好選擇回家。但當她回到家門口時，卻看到家裡失火了！這時隔壁的阿姨（52歲）走了過來，告訴瑪莉說她的媽媽剛拿著行李出去了，還說暫時不要跟她聯絡。而就在這個時候，來自大學的急件信函彷彿算好時機送到瑪莉的手上，上面寫著學費未繳，如果明天還未繳清就開除學籍。啊！難怪她爸從前天開始就下落不明了！

你現在正巧走到瑪莉身邊。這時你能夠對現在的瑪莉說 Mary is happy.（瑪莉是幸福的）嗎？

應該是很難說出口吧。但心地善良的你一定會這樣說的吧。I hope that Mary is happy.「希望瑪莉是幸福的。」

上面這一句英文，用法文來說的話會變成怎麼樣呢？

因為「希望」這個動作是「事實」，所以I hope 的部分是直陳式，沒錯吧。可是，「瑪莉是幸福的」是「事實」嗎？應該無法這樣斷言吧？這樣的話，表達 I hope that Mary is happy. 就會有點不自然了。因為 is 部分是直陳式，所以當你這麼思考的瞬間，就等於是把它「當作事實」了。這是怎麼一回事呢？

我們剛剛是用法文的思考模式來思考這句英文。現在就實際來看法文吧。就像以下這樣。

Mary *is* happy.　　瑪莉很幸福。

||

Marie *est* heureuse.
[ε œrøz]

英文中沒有「虛擬式」。

I **hope that** Mary **is** happy.　　希望瑪莉能夠幸福。

Je **souhaite que** Marie ***soit*** heureuse.
[ʒ(ə) swεt k(ə) mari swa œrøz]

直覺敏銳的你，已經了解了，對吧。沒錯，這個 soit 就是 être 的虛擬式變位。在前面已經有提過，虛擬式就是「把腦中想的事情」當作希望來表達的方式。

在這裡的話當然就是：

腦中想的事情＝「瑪莉是幸福的」

為了把它當作希望來表達，就要用虛擬式了。

那麼，腦中想的事情是「事實」嗎？

當然是不一定的。失去情人、工作與家庭的瑪莉……，看來並不是真的幸福。

可是，瑪莉是 100%不幸福嗎？這應該也是無法斷言的。因為在瑪莉的心中，可能也有喜悅的聲音在吶喊著「神是會賜與考驗給祂愛的人的。神是愛我的」，所以瑪莉是幸福的！

在這裡我想說的是，腦中想的事情，可能是「事實」，也有可能不是「事實」。這就是使用虛擬式的情況了。

腦中所想的事情和「事實」無關

舉例來說，用條件式的「如果我是鳥的話……」來比較就一目瞭然了。「我是鳥」的可能性是多少呢？沒錯，是 0%對吧。這很明顯的是「與事實相反」。

最後還有一個重點，「虛擬式」後面到底要「接」什麼呢？

請看前一頁的例句。虛擬式中使用的子句（Marie soit heureuse），是接續在「que」之後（這個 que 相當於「～這件事）的意思，和英文的（I think that~ 的 that 一樣）。沒錯，「虛擬式」要用 que。

虛擬式現在式的動詞變位

在這裡我們來看看「虛擬式」中，現在式的變位吧。

mp3_31-1

永遠會附上 **chanter**

↓

				變位語尾	
que	je	chant**e**	[k(ə) ʒ(ə) ʃɑ̃t]	－**e**	
que	tu	chant**es**	[k(ə) ty ʃɑ̃t]	－**es**	
qu'	il	chant**e**	[kil ʃɑ̃t]	－**e**	
que	nous	chant**ions**	[k(ə) nu ʃɑ̃tjɔ̃]	－**ions**	[jɔ̃]
que	vous	chant**iez**	[k(ə) vu ʃɑ̃tje]	－**iez**	[je]
qu'	ils	chant**ent**	[kil ʃɑ̃t]	－**ent**	

在這裡，我們也把語幹和變位語尾分開來看吧。

首先來說個好消息。沒錯，這個變位語尾也「沒有例外」！都已經拼到第 31 課了，有這麼點好康也是應該的。

接下來是語幹。是由直陳式現在式之 ils 的動詞變位產生而成的。

chanter ：ils chant~~ent~~ → je chante
[ʒ(ə) ʃɑ̃t]

finir ：ils finiss~~ent~~ → je finisse
[ʒ(ə) ʃinis]

（☜請看 78 頁確認語幹喔）

沒錯， 就是直接用 ils 的語幹來變化。

接下來，這裡有個噩耗我不得不說。在語幹部分有幾個例外！不過都已經拼到這一課了，例外大概就 4、5 個吧。其實這裡有 7 個例外（這是語幹的例外，和語尾的例外比起來輕鬆多了）。

因為只有 être 和 avoir 是連語尾都有不規則變化，所以我們在這裡加上所有人稱。

mp3_31-2

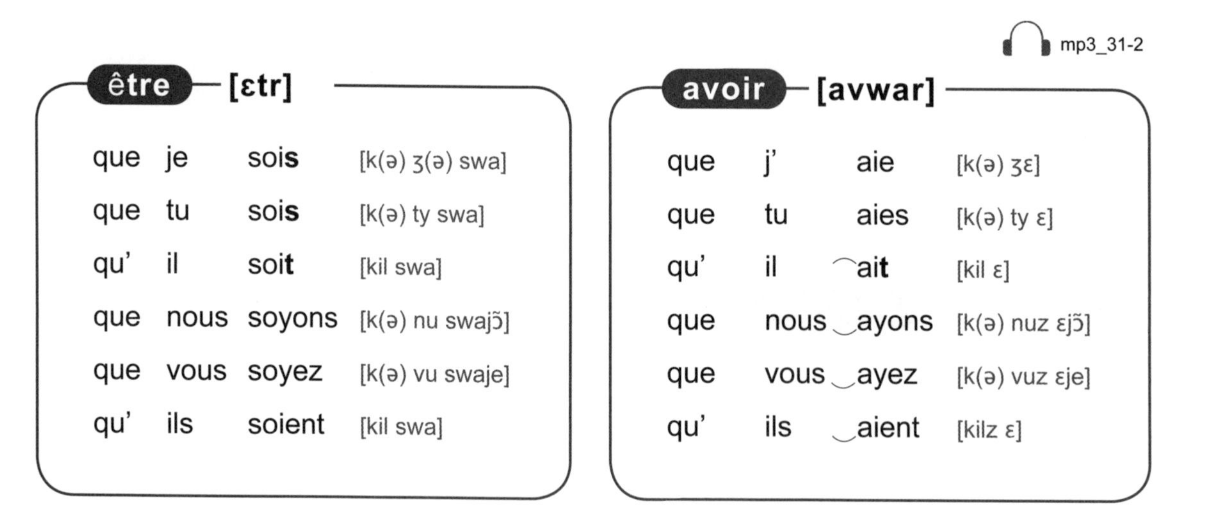

être [ɛtr]

que	je	**sois**	[k(ə) ʒ(ə) swa]
que	tu	**sois**	[k(ə) ty swa]
qu'	il	**soit**	[kil swa]
que	nous	soyons	[k(ə) nu swajɔ̃]
que	vous	soyez	[k(ə) vu swaje]
qu'	ils	soient	[kil swa]

avoir [avwar]

que	j'	aie	[k(ə) ʒɛ]
que	tu	aies	[k(ə) ty ɛ]
qu'	il	‿**ait**	[kil ɛ]
que	nous	‿ayons	[k(ə) nuz ɛjɔ̃]
que	vous	‿ayez	[k(ə) vuz ɛje]
qu'	ils	‿aient	[kilz ɛ]

※ 順帶一提，soyons, soyez 或是 ayons, ayez 等等，若當作是《y＝i＋i》來唸的話，就會變成 soiiez, aiions, aiiez 了。這樣就比較知道怎麼唸了吧。

剩下 5 個特殊的語幹。一次看過去吧。

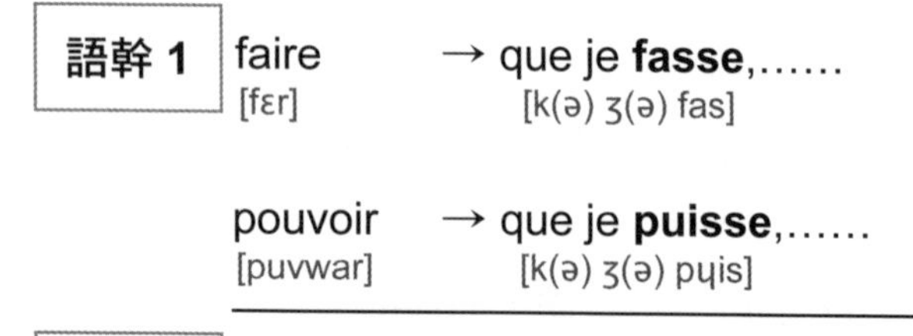

語幹 1 faire [fɛr] → que je **fasse**,……
[k(ə) ʒ(ə) fas]

pouvoir [puvwar] → que je **puisse**,……
[k(ə) ʒ(ə) pɥis]

語幹 2 nous 和 vous 的語幹和「直陳式現在式的 nous 的語幹」是一樣的。

mp3_31-3

◆ **aller** [ale]			
que	j'	aille	[k(ə) ʒa:j]
que	tu	ailles	[k(ə) ty a:j]
qu'	il	aille	[kil a:j]
que	nous	allions	[k(ə) nuz aljɔ̃]
que	vous	alliez	[k(ə) vuz alje]
qu'	ils	aillent	[kilz a:j]

◆ **vouloir** [vulwar]			
que	je	veuille	[k(ə) ʒ(ə) vœj]
que	tu	veuilles	[k(ə) ty vœj]
qu'	il	veuille	[kil vœj]
que	nous	voulions	[k(ə) nu vuljɔ̃]
que	vous	vouliez	[k(ə) vu vulje]
qu'	ils	veuillent	[kil vœj]

◆**venir**[v(ə)nir]			
que	je	vienne	[k(ə) ʒ(ə) vjɛn]
que	tu	viennes	[k(ə) ty vjɛn]
qu'	il	vienne	[kil vjɛn]
que	nous	venions	[k(ə) nu v(ə)njɔ̃]
que	vous	veniez	[k(ə) vu v(ə)nje]
qu'	ils	viennent	[kil vjɛn]

☆跟 nous, vous 的語幹比較看看(直陳式現在式)

nous	allons
nous	voulons
nous	venons

虛擬式現在式的使用方法

跟第 29又1/2 課以及這堂課最前面所看到的一樣，所謂的「虛擬式」，就是「把腦海中想的事情」當作「希望」來表達的說話方式。

而現在要看的是「虛擬式現在式」。這裡說的「現在」，和「說這句話當下」的「現在」不同。而是要表達出「主動詞同時」的意思。嗯～，這有點難懂，對吧。不過其實很簡單，請一邊看例句，一邊確認。首先，當然要祈禱「瑪莉幸福」囉。

① Je **souhaite que** Marie ***soit*** heureuse.（souhaite：希望；heureuse：幸福的）
[ʒ(ə) swɛt k(ə) mari swa œrøz]

希望瑪莉是幸福的。
souhaite 原形是 souhaiter

當然，soit 是 être的虛擬式現在式。我們在第一個文法重點時就已經知道，「瑪莉是幸福的」是在腦海中思考的事情，並被當作「希望」來表達。那麼，這件事若用在虛擬式現在式的話，又會有什麼樣的意義呢？

那就是，「幸福的」這件事和「希望」這個動作的「時間是同時的」。也就是說，並不是現在去「希望」當時能夠「幸福」的意思。（不用那麼緊張，沒關係。）

在進到下個內容之前，先在這裡介紹還會遇到的例句類型吧。把「在腦海中所想的事情」當作以下這4點來表達，就是這裡的重點。前面第一個例句是把「在腦海中所想的事情」當作「希望」，對吧。

把腦中所想的事情當作
①希望
②必要
③否定
④目的
⑤修飾附有最高級形容詞的先行詞

要細分下去是沒完沒了的，現在就先分成 5 個就好了。

② **Il faut que** je ***parte*** tout de suite.　　我必須要馬上出發才行。
[il fo k(ə) ʒ(ə) part tu d(ə) sɥit]

il faut que～的後面要使用虛擬式的「子句」（子句也就是主詞和動詞的群組。請見第123頁），意思是「一定要～」「不～是不行的」。

il faut~之前也有出現過，還記得嗎？沒錯，就是在非人稱表達（請見第 15 課）那一課。請再看一下第 90 頁。所以除了先前介紹的，il faut~ 總共會有 3 種使用方式。

請繼續看下去。

③ Je **ne crois pas** qu'elle ***veuille*** cette montre.（crois 上方標註：想）
[ʒ(ə) n(ə) kwa pa kɛl vœj sɛt mɔ̃tr]

我不認為她會想要這個手錶。

crois 原形是 croire

veuille 原形是 vouloir（相當英文的 want）

類型③的形態是很單純的。也就是當 croire（想），penser（思考）這些動詞是否定及疑問的時候，接續的子句會使用虛擬式。

「不認為」「你認為…嗎」等否定或疑問，距離「事實」是很遠的，對吧。接下來看「目的」。

慢慢地

④ Il parle lentement pour qu'on l'***entende*** bien.

[il parl lɑ̃tmɑ̃ pur kɔ̃ lɑ̃tɑ̃d bjɛ̃]

為了讓大家聽得清楚，他慢慢地說。

entende 原形是 entendre（聽）

pour que~ 的後面若接上虛擬式的子句，就會變成「為了～」的意思（相當於英文的so that~）。因為是用來表示「目的」，所以也是尚未實現的事實，而且有時也不一定會實現，對吧。

最後這個要下點功夫來瞭解。

⑤ Alain est le plus beau garçon que je **connaisse**.

[alɛ̃ ɛ l(ə) ply bo garsɔ̃ k(ə) ʒ(ə) kɔnɛs]

亞倫是我所知道的最英俊的男生。

connaisse 原形是 connaître（知道）

這裡的 que 是關係代名詞（請參閱第 21 課）。先行詞是 garçon（男生），而且有最高級形容詞（le plus beau）來修飾，也就是「最英俊的」的意思。像在這種情況下，關係子句（又出現了，請見第 124 頁）中的動詞就會變成虛擬式。像「最～的」這樣的主觀想法，的確是「腦海中」所想的，對吧？

還可以嗎？很辛苦吧…。不過在這裡要告訴各位一個和虛擬式有關的祕密情報！

快拿起紙和筆，呼朋引伴來集合!

那麼我要發表囉。那就是，

「虛擬式」的部分，在字典裡都查得到！

咦？各位為什麼都擺出一臉不以為意的表情呢？這情報很棒啊！

那麼，請各位試試看用字典查 pour 這個字。真的要查喔。然後再找一下用來表示《目的》的這個項目。應該是在第一、二或第三項。

好，提示就在那個項目之中。下面的 1 或 2 應該都會寫在字典上面。

1．◆《～que＋虛擬式》表示為了…

或者是

2．◆～＋inf.（que＋sub.）表示為了…

首先看 1。因為現在正在查 pour 這個單字，所以「～」指的是 pour，對吧。

而 que 後面若是接虛擬式的話，就會變成「為了～」的意思。

接下來看 2，inf. 是指「動詞原形」的意思。sub. 是指「虛擬式」的意思。也就是說，「～」的後方接續「動詞原形」或是「que＋虛擬式」的話，都會是「為了～」的意思。

而使用到虛擬式的部分，在字典裡都查得到。也就是說，當各位不知道該不該使用「虛擬式」時，比起自己花時間判斷，去查字典會比較快！

那麼接下來是……

啊！結束了嗎！

一直以來和各位一起環繞在這個廣大的法語國度裡，現在終於到了要說再見的時候。Vous avez bien travaillé！各位，你們都很努力了。如果這本書能讓各位對法語的理解有所增長的話，那就是我無上的喜悅了。雖然說再見很感傷，但我會在這裡看著各位成長後的背影，微笑著送別各位的。啊，肩膀在抖喔？不要哭了，已經不是小孩子了啊（嗚嗚……）。

各位已經是法語博士了！（希望）

Au revoir

Q33 嗯～，關於 -er 動詞，譬如說 chanter 的虛擬式現在式的動詞變位，跟第 8 課的直陳式現在式很像。不一樣的只有當主詞是 nous 和 vous 的時候而已，對吧？

A33 說的沒錯。虛擬式現在式的動詞變位，只限於當使用 -er 動詞時，

◆ 主詞是 je, tu, elle, il, ils, elles 的時候，會和直陳式現在式的變位一樣。

◆ 主詞是 nous, vous 的時候，會和直陳式未完成過去式的變位一樣。

當然，要用這種方式來記憶 -er 動詞也是可以的。感覺很輕鬆吧。

EXERCICES 31

請將括弧內的動詞改為虛擬式現在式。

❶ **Je souhaite que vous (passer) de bonnes vacances.**
祝您有個美好的假期。

❷ **Téléphonons à Marie pour qu'elle (venir) nous voir.**
打電話給瑪莉叫她來見我們吧。

❸ **Je ne crois pas qu'elle (être) mariée.**
我不認為她已經結婚了。

❹ **Il faut que tu (faire) le ménage!**
你得去打掃才行。

❺ **Vous êtes les meilleurs étudiants que je (connaître)!**
你們是我所知的最棒的學生

答案

① passiez ② vienne ③ soit ④ fasses ⑤ connaisse

國家圖書館出版品預行編目資料

我的第一本法語文法／清岡智比古 著.
-- 初版 .-- 新北市：國際學村，2014.09
面；　公分
ISBN 978-986-6077-85-2(平裝附光碟片)

1. 法語　2. 語法

804.56　　103015243

臺灣廣廈出版集團
Taiwan Mansion Books Group

國際學村

我的第一本法語文法

作者　清岡智比古
譯者　陳威丞
審定　黃馨逸
出版者　台灣廣廈出版集團
國際學村出版
發行人／社長　江媛珍
地址　23586 新北市中和區中山路二段 359 巷 7 號 2 樓
電話　886-2-2225-5777
傳真　886-2-2225-8052
總編輯　伍峻宏
執行編輯　古竣元
美術編輯　許芳莉
排版／製版／印刷／裝訂／壓片　菩薩蠻／東豪／弼聖、紘億／明和／超群
法律顧問　第一國際法律事務所　余淑杏律師
北辰著作權事務所　蕭雄淋律師
代理印務及圖書總經銷　知遠文化事業有限公司
地址　22203 新北市深坑區北深路三段 155 巷 25 號 5 樓
訂書電話　886-2-2664-8800
訂書傳真　886-2-2664-0490
港澳地區經銷　和平圖書有限公司
地址　香港柴灣嘉業街 12 號白樂門大廈 17 樓
電話　852-2804-6687
傳真　852-2804-6409
出版日期　2024 年 7 月 14 刷
郵撥帳號　18836722
郵撥戶名　知遠文化事業有限公司
（單次購書金額未滿 1000 元需另付郵資 70 元。）